ゆうげん

[日]大西克礼 著

王向远 译

只 为 优 质 阅 读

好
读
Goodreads

目 录

序 / 001

第一章　孕育幽玄的歌道与歌学 / 031

第二章　幽玄展现的美学形式 / 045

第三章　余情缠绕的幽玄美学 / 057

第四章　读《正彻物语》，品幽玄之姿 / 071

第五章　如何看待作为审美理想的"幽玄" / 087

第六章　认识幽玄的艺术价值 / 097

第七章　幽玄是日本民族的美学焦点 / 111

第八章　幽玄概念的美学分析 / 121

附录　古代名家论幽玄 / 137

序

幽玄是通往日本美学的必经之路

王向远

在日本的一系列传统文论与美学概念之范畴中，"物哀"与"幽玄"无疑是两个最基本、最具有日本民族特色的概念。如果说，"物哀"是理解日本文学与文化的一把钥匙，那么"幽玄"则是通往日本文学文化堂奥的必由之门。"幽玄"作为一个汉语词，在日本的平安时代零星使用，到了镰仓时代和室町时代，即日本历史上所谓的"中世"时期，这个词却不仅在上层贵族文人中普遍使用，甚至也作为日常生活中为人所共知的普通词汇之一广泛流行。翻阅那一时期日本的歌学（研究和歌的学问）、诗学（研究汉诗的学问）、艺道（各种艺术、技艺领域）、佛教、神道等各方面的文献，到处可见"幽玄"。可以说，至少在公元12到16世纪近五百年间，"幽玄"不仅是日本传统文学的最高审美范畴，也是日本古典文化的关键词之一。

什么是"幽玄"？虽然这个词在近代、现代汉语中基本上不再使用了，但中国读者仍可以从"幽玄"这两个汉字本身，一眼便能看出它的大概意思来。"幽"者，深也、暗也、静也、隐蔽也、隐微也、不明也；"玄"者，空也、黑也、暗也、模糊不清也。"幽"与"玄"二字合一，是同义反复，更强化了该词的深邃难解、神秘莫测、暧昧模糊、不可言喻之意。这个词在魏晋南北朝到唐朝的老庄哲学、汉译佛经及佛教文献中使用较多。使用电子化手段模糊查索《四库全书》，"幽玄"的用例有三百四十多个（这比迄今为止日本研究"幽玄"的现代学者此前所发现的用例，要多得多）。从这些文献"幽玄"用例来看，绝大多数分布在宗教哲学领域，少量作为形容词出现在诗文中，没有成为日常用语，更没有成为审美概念。宋元明清之后，随着佛教的式微，"幽玄"这个词渐渐用得少了，甚至不用了，以至于以收录古汉语词汇为主的《辞源》也没有收录"幽玄"一词，近年编纂的《汉语大辞典》才将它编入。可以说，"幽玄"在近现代汉语中差不多已经成了一个"死词"。

"幽玄"一词在中国式微的主要原因,从语言学的角度看,可能是因为汉语中以"幽"与"玄"两个字作词素的、表达"幽""玄"之意的词太丰富了。其中,以"幽"字为词素的词近百个,除了"幽玄"外,还有"幽沈""幽谷""幽明""幽冥""幽昧""幽致""幽艳""幽情""幽款""幽涩""幽愤""幽梦""幽咽""幽香""幽静""清幽",等等。以"玄"字为词素者,则不下二百个,如"玄心""玄元""玄古""玄句""玄言""玄同""玄旨""玄妙""玄味""玄秘""玄思""玄风""玄通""玄气""玄寂""玄理""玄谈""玄著""玄虚""玄象""玄览""玄机""玄广""玄邈",等等。这些词的大量使用,相当大程度地分解并取代了"幽玄"的词义,使得"幽玄"的使用场合与范围受到了制约。而在日本,对这些以"幽"与"玄"为词素的相关词的引进与使用是相当有限的。例如"玄"字词,日语中只引进了汉语的"玄奥""玄趣""玄应""玄风""玄默""玄览""玄学""玄天""玄冬""玄武"(北方水神名称)等,另外还有几个自造汉词如"玄水""玄关"等,一共只有十几个;而以"幽"为词素的汉字词,除了"幽玄",则有"幽暗""幽远""幽艳""幽闲""幽境""幽居""幽径""幽契""幽魂""幽趣""幽寂""幽邃""幽静""幽栖""幽明""幽幽""幽人""幽界""幽鬼"等,一共有二十来个。综览日语中这些以"幽"字与"玄"字为词组的汉字词,不仅数量较之汉语中的相关词要少得多,而且在较接近于"幽玄"之意的"玄奥""玄趣""玄览""幽远""幽艳""幽境""幽趣""幽寂""幽邃""幽静"等词中,没有一个词在词义的含蕴性、包容性、暗示性上能够超越"幽玄"。换言之,日本人要在汉语中找到一个表示文学作品基本审美特征——内容的含蕴性、意义的不确定性、虚与实、有与无、心与词的对立统一性——的抽象概念,舍此"幽玄",似乎别无更好的选择。

"幽玄"概念在日本的成立,有着种种内在必然性。曾留学唐朝的空海大师在9世纪初编纂了《文镜秘府论》,几乎将中国诗学与文论的重要概念范畴都搬到了日本,日本人在诗论乃至初期的和歌论中,确实也借用或套用了中国诗论中的许多概念,但他们在确立和歌的最高审美范畴时,对中国文论中那些重要概念最终没有选定,却偏偏对在中国流通并不广泛,也不曾作为文论概念使用的"幽玄"一词情有独钟,这是为什么呢?

我认为,"幽玄"这一概念的成立,首先是由日本文学自身发展需要所决定的,主要是出于为本来浅显的民族文学样式——和歌——寻求一种深度模式的需要。

日本文学中最纯粹的民族形式是古代歌谣,在这个基础上形成了和歌。和歌只有五句、三十一个音节构成。三十一个音节大约只相当于十几个有独立意义的汉字词,因此可以说和歌是古代世界各民族诗歌中最为短小的诗体。和歌短小,形式上极为简单,在叙事、说理方面都不具备优势,只以抒发刹那间的情绪感受见长,几乎人人可以轻易随口吟咏。及至平安时代日本歌人大量接触汉诗之后,对汉诗中音韵体式的繁难、意蕴的复杂,留下了深刻印象。而空海大师的《文镜秘府论》所辑录的中国诗学文献,所选大部分内容都集中于体式音韵方面,这也极大地刺激和促进了和歌领域形式规范的设立。在与汉诗的比较中,许多日本人似乎意识到了,没有难度和深度的艺术很难成为真正的艺术,和歌浅显,人人能为,需要寻求难度与深度感,而难度与深度感的标尺,就是艺术规范。和歌要成为一种真正的艺术,必须确立种种艺术规范(日本人称为"歌式")。艺术规范的确立意味着创作难度的加大,而创作难度的加大不外乎体现在两方面:一是外部形式,日本人称之为"词";另一个就是内容,日本人称之为"心"。

于是,从奈良时代后期(8世纪后期)开始,到平安时代初期(9世纪),日本人以中国的汉诗及诗论、诗学为参照,先从外部形式——"词"开始,为和歌确定形式上的规范,开始了"歌学"的建构,陆续出现了藤原滨成的《歌经标式》等多种"歌式"论著作,提出了声韵、"歌病""歌体"等一系列言语使用上的规矩规则。到了10世纪,"歌学"的重点则从形式(词)论,逐渐过渡到了以内容(心)论与形式论并重。这种转折主要体现在10世纪初编纂《古今和歌集》的"真名序"(汉语序)和"假名序"(日语序)两篇序言中。两序所谈到的基本上属于内容及风体(风格)的问题。其中"假名序"在论及和歌生成与内容嬗变的时候,使用了"或事关神异,或兴入幽玄"这样的表述。这是歌论中第一次使用"幽玄"一词。所谓"兴入幽玄"的"兴",指的是"兴味""感兴""兴趣",亦即情感内容;所谓"入",作为一个动词,是一个向下进入的动作,"入"的指向是"幽玄",这表明"幽玄"所表示的是一种深度,而不是一种高度。换言之,"幽玄"是一种包裹的、收束的、含蕴的、内聚的状态,所以"幽玄"只能"入"。后来,"入幽玄"成为一种固定搭配词组,或称"兴入幽玄",或称"义入幽玄",更多的则是说"入幽玄之境",这些都在强调着"幽玄"的沉潜性特征。

如果说《古今和歌集·真名序》的"兴入幽玄"的使用还有明显的随意性,对"幽玄"的特征也没有做出具体解释与界定,那么到了10世纪中期,壬生忠岑的《和歌体十种》再次使用"幽玄",并以"幽玄"一词对和歌的深度模式做出了描述。壬生忠岑将和歌体分为十种,即"古歌体""神妙体""直体""余情体""写思体""高情体""器量体""比兴体""华艳体""两方体",每种歌体都举出五首例歌,并对各自的特点做了简单的概括。对于列于首位的"古歌体",他认为该体"词质俚以难采,或义幽邃以易迷"。"义幽邃",显然指的是"义"(内容)的深度,而且"幽邃"与"幽玄"几乎是同义的。"义幽邃以易迷",是说"义幽邃"容易造成理解上的困难,但即便如此,"幽邃"也是必要的,他甚至认为另外的九体都需要"幽邃",都与它相通("皆通下九体"),因而即便不把以"幽邃"为特点的"古歌体"单独列出来也未尝不可("不可必别有此体耳")。例如"神妙体"是"神义妙体";"余情体"是"体词标一片,义笼万端";"写思体"是"志在于胸难显,事在于口难言……言语道断,玄又玄也",强调的都是和歌内容上的深度。而在这十体中,他最为推崇的还是其中的"高情体",断言"高情体"在各体中是最重要的("诸歌之为上科也"),指出"高情体"的典型特征首先是"词离凡流,义入幽玄";并认为"高情体"具有涵盖性,它能够涵盖其他相关各体,"神妙体""余情体""器量体"都出自这个"高情体";换言之,这些歌体中的"神妙""难言""义笼万端""玄又玄"之类的特征,也都能够以"幽玄"一言以蔽之。于是,"幽玄"就可以超越各种体式的区分,而弥漫于各体和歌中。这样一来,虽然壬生忠岑并没有使用"幽玄"一词作为"和歌十体"中的某一体的名称,却在逻辑上为"幽玄"成为一个凌驾于其他概念之上的抽象概念,提供了可能。

然而日本人传统上毕竟不太擅长抽象思考,表现在语言上,就是日语固有词汇中的形容词、情态词、动词、叹词的高度发达,而抽象词严重匮乏,带有抽象色彩的词汇,绝大部分都是汉语词。日本文论、歌论乃至各种艺道论,都非常需要抽象概念的使用。然而至少在以感受力或情感思维见长的平安时代，面对像"幽玄"这样的高度抽象化的概念，绝大多数歌人都显出了踌躇和游移。他们一方面追求、探索着和歌深度化的途径，一方面仍然喜欢用更为具象化的词汇来描述这种追求。他们似乎更喜欢用较为具象性的"心"来指代和歌内容，用"心深"这一纯日语的表达方式来描述和歌内容的深度。例如藤原公任在《新撰髓脑》中主张和歌要"心深，姿清"；在《和歌九品》中，他认为最上品的和歌应该是"用词神妙，心有余"。这对后来的"心论"及"心词关系论"的歌论产生了深远影响。然而，"心深"虽然也能标示和歌之深度，但抽象度、含蕴度仍然受限。"心深"指个人的一种人格修养，是对创作主体而言，而不是对作品本体而言，因而"心深"这一范畴也相对地带有主观性。"心"是主观情意，需要付诸客观性的"词"才能成为创作。由于这种主观性，"心深"一词就难以成为一个表示和歌艺术之本体的深度与含蕴度的客观概念。正是因为这一点，"心深"不可能取代"幽玄"。"幽玄"既可以表示创作主体，称为"心幽玄"，也可以指代作品本身，称为"词幽玄"，还可以指代心与词结合后形成的艺术风貌或风格——"姿"或"风姿"，称为"姿幽玄"。因而，

"心深"虽然一直贯穿着日本歌论史，与"幽玄"并行使用，但当"幽玄"作为一个歌学概念被基本固定之后，"心深"则主要是作为"幽玄"在创作主体上的具体表现，而附着于"幽玄"。就这样，在"心深"及其他相近的概念，如"心有余""余情"等词语的冲击下，"幽玄"仍然保持其最高位和统驭性。

"幽玄"被日本人选择为和歌深度模式的概念，不仅出自为和歌寻求深度感、确立艺术规范的需要，还出自这种民族文学样式的强烈的独立意识。和歌有了深度模式、有了规范，才能成为真正的艺术；成为真正的艺术，才能具备自立、独立的资格。而和歌的这种"独立"意识又是相对于汉诗而言的，汉诗是它唯一的参照。换言之，和歌艺术化、独立化的过程，始终是在与汉诗的比较，甚至是竞赛、对抗中进行的，这一点在《古今和歌集·假名序》中有清楚的表述，那就是寻求和歌与汉诗的不同点，强调和歌的自足性与独立价值。同样地，歌论与歌学也需要逐渐摆脱对中国诗论与诗学概念的套用与模仿。我认为，正是这一动机决定了日本人对中国诗学中现成的相关概念的回避，而促成了对"幽玄"这一概念的选择。中国诗论与诗学中本来有不少表示艺术深度与含蕴性的概念，例如

"隐""隐秀""余味""神妙""蕴藉""含蓄"，等等，还有"韵外之致""境生象外""词约旨丰""高风远韵"等相关命题，这些词有许多很早就传入日本，但日本人最终没有将它们作为歌学与歌论的概念或范畴加以使用，却使用了在中国诗学与诗论中极少使用的"幽玄"。这表明大多数日本歌学理论家并不想简单地挪用中国诗学与诗论的现成概念，有意识地避开诗学与诗论的相关词语，从而拎出了一个在中国的诗学与诗论中并不使用的"幽玄"。

不仅如此，"幽玄"概念的成立，还有一个更大更深刻的动机和背景，那就是促使和歌，及在和歌基础上生成的"连歌"，还有在民间杂艺基础上形成的"能乐"实现雅化与神圣化，并通过神圣化与雅化这两个途径，使"歌学"上升为"歌道"或"连歌道"，使能乐上升为"能艺之道"即"艺道"。

首先是和歌的神圣化。本来，"幽玄"在中国就是作为一个宗教哲学词汇而使用的，在日本，"幽玄"的使用一开始就和神圣性联系在一起了。上述的《古今和歌集·真名序》中所谓"或事关神异，或兴入幽玄"，就暗示了"幽玄"与"神异"、与佛教的关系。一方面，和歌与歌学需要寻求佛教哲学的支撑，另一方面佛教也需要借助和歌来求道悟道。镰仓时代至室町时代的日本中世，佛教日益普及，"幽玄"也最被人所推崇。如果说此前的奈良、平安朝的佛教主要是在社会上层流行，佛教对人们的影响主要表现在生活风俗与行为的层面，那么镰仓时代以后，佛教与日本的神道教结合，开始普及于社会的中下层，并渗透于人们的世界观、审美观中。任何事物要想有宇宙感、深度感、含蕴性，就必然有佛教的渗透。在这种背景下，僧侣文学、隐逸文学成为那个时代最有深度、最富有神圣性的文学，故而成为中世文学的主流。在和歌方面，中世歌人、歌学家都笃信佛教，例如，在"歌合"（赛歌会）的"判词"（评语）中大量使用"幽玄"一词并奠定了"幽玄"语义之基础的藤原基俊（法号觉舜）、藤原俊成（出家后取法名释阿）、藤原定家（出家后取法名明净），对"幽玄"做过系统阐释的鸭长明、正彻、心敬等人，都是僧人。在能乐论中，全面提倡"幽玄"的世阿弥与其女婿禅竹等人都笃信佛教，特别是禅竹，付出了极大的努力将佛教哲理导入其能乐论，使能乐论获得了幽深的宗教哲学基础。因而，正如汉诗中的"以禅喻诗"曾经是一种时代风气一样，在日本中世的歌论、能乐论中，"以佛喻幽玄"是"幽玄"论的共同特征。他们有意识地将"幽玄"置于佛教观念中加以阐释，有时哪怕是生搬硬套也在所不辞。对于这种现象，日本现代著名学者能势朝次在《幽玄论》一书中有精到的概括，他写道：

……事实是，在爱用"幽玄"这个词的时代，当时的社会思潮几乎在所有的方面，都强烈地憧憬着那些高远的、无限的、有深意的事物。我国中世时代的特征就是如此。

指导着中世精神生活的是佛教。然而佛教并不是单纯教导人们世间无常、厌离秽土、欣求净土，而是在无常的现世中，在那些行为实践的方面，引导人们领悟到恒久的生命并加以把握。……要求人们把一味向外投射的眼光收回来，转而凝视自己的内心，以激发心中的灵性为指归。……艺术鉴赏者也必须超越形式上的美，深入艺术之堂奥，探求艺术之神圣。因而，这样一个时代人们心目中的美，用"幽玄"这个词来表述，是最为贴切的。所谓"幽玄"，就是超越形式、深入内部生命的神圣之美。[①]

[①] 能势朝次：《幽玄论》，见《能势朝次著作集》第二卷，东京：思文阁出版，1981年版，第200～201页。

"幽玄"所具有的宗教的神圣化，也必然要求"入幽玄之境"者脱掉俗气、追求典雅、优雅。换言之，不脱俗、不"雅化"，就不能"入幽玄之境"，这是"幽玄"的又一个必然要求，而脱俗与雅化则是日本文学贵族化的根本途径。

日本文学贵族化与雅化的第一个阶段，是将民间文学加以整理以去粗取精。奈良时代与平安时代，宫廷文人收集整理民间古歌，编辑了日本第一部和歌总集《万叶集》，这是将民间俗文学加以雅化的第一个步骤。又在10世纪初由天皇诏令，将《万叶集》中较为高雅的作品再加以筛选，并优选新作，编成了第二部和歌总集《古今和歌集》。到了1205年，则编纂出了全面体现"幽玄"理想的《新古今和歌集》。另一方面，在高雅的和歌的直接影响与熏陶下，一些贵族文人写出了一大批描写贵族情感生活的和歌与散文相间的叙事作品——物语。在和歌与物语创作繁荣的基础上，形成了平安王朝时代以宫廷贵族的审美趣味为主导的审美思潮——"物哀"。说到底，"物哀"的本质就是通过人情的纯粹化表现，使文学脱俗、雅化。进入中世时代后，以上层武士与僧侣为主体的新贵阶层，努力继承和模仿王朝贵族文化，使自己的创作保持贵族的高雅。这种审美趣味与理想，就集中体现在"幽玄"这个概念中。可以说，"幽玄"是继"物哀"之后，日本文学史上的第二波审美主潮。两相比较，"物哀"侧重于情感修养，多体现于男女交往及恋情中；"幽玄"则是"情"与"意"皆修，更注重个人内在的精神涵养，并最终体现在具体创作中。相比之下，"物哀"因其情趣化、情感化的特质，在当时并没有被明确概念化、范畴化，直到18世纪才有本居宣长等"国学家"加以系统的阐发。而"幽玄"一开始概念的自觉程度就比较高，渗透度与普及度也更大。在当时频频举行的"歌合"与连歌会上，"幽玄"每每成为和歌"判词"的主题词；在日常生活中，也常常有人使用"幽玄"一词来评价那些高雅的举止、典雅的贵族趣味、含蓄蕴藉的事物或优美的作品，而且往往与"离凡俗""非凡俗"之类的评语连在一起使用（对此，日本学者能势朝次先生在他的《幽玄论》中都有具体的文献学的列举。读者可以参阅）。

可以说，"幽玄"是中世文学的一个审美尺度、一个过滤网、一个美学门槛。有了"幽玄"，那些武士及僧侣的作品就脱去了俗气，具备了贵族的高雅；有了"幽玄"，作为和歌的通俗化游艺而产生的"连歌"才有可能登堂入室，进入艺术的殿堂。正因为如此，连歌理论的奠基人二条良基才在他的一系列连歌论著中，比此前任何歌论家都更重视、更提倡"幽玄"。他强调，连歌是和歌之一体，和歌的"幽玄"境界就是连歌应该追求的境界，认为如果不对连歌提出"幽玄"的要求，那么连歌就不能成为高雅的、堪与古典和歌相比肩的文学样式。于是二条良基在和歌的"心幽玄""词幽玄""姿幽玄"之外，更广泛地提出了"意地的幽玄""音调的幽玄""唱和的幽玄""聆听的幽玄"，乃至"景物的幽玄"等更多的"幽玄"要求。稍后，日本古典剧种"能乐"的集大成者世阿弥，在其一系列能乐理论著作中，与二条良基一样，反复强调"幽玄"的理想。他要求在能乐的剧本写作、舞蹈音乐、舞台表演等一切方面，都要"幽玄"化。为什么世阿弥要将和歌的"幽玄"理想导入能乐呢？因为能乐本来是从先前不登大雅之堂的叫作"猿乐"的滑稽表演中发展而来的。在世阿弥看来，如果不将它加以贵族化、不加以脱俗、不加以雅化，它就不可能成为一门真正的艺术。所以世阿弥才反复不断地叮嘱自己的传人：一定要多多听取那些达官贵人的意见，以他们的审美趣味为标杆；演员一定首先要模仿好贵族男女们的举止情态，因为他们的举止情态才是最"幽玄"的；他提醒说，最容易出彩的"幽玄"剧目是那些以贵族人物为主角的戏，因此要把此类剧目放在最重要的时段加以演出；即便是表演那些本身并不"幽玄"的武夫、小民、鬼魂、畜生类，也一定要演得"幽玄"，模仿其神态动作不能太写实，而应该要"幽玄地模仿"，也就是要注意化俗为雅。……由于二条良基在连歌领域、世阿弥在能乐领域全面提倡"幽玄"，"幽玄"的语义也被一定程度地宽泛化、广义化了。正如世阿弥所说："唯有美与优雅之态，才是'幽玄'之本体。"可见"幽玄"实际上成了高雅之美的代名词。而这，又是连歌与能乐的脱俗、雅化的艺术使命所决定的。

当这种使命完成以后，"幽玄"也大体完成了自己的使命，而从审美理念中淡出了。进入近世（江户时代）以后，市井町人文化与文学成为时代主流，那些有金钱但无身份地位的町人以露骨地追求男女声色之乐为宗，町人作家们则以"好色"趣味去描写市井小民卑俗享乐的生活场景，这与此前贵族式的"幽玄"之美的追求截然不同，于是在江户时代，"幽玄"这个词的使用极少见到了。从17世纪一直到明治时代的三百多年间，"幽玄"从日本文论的话语与概念系统中悄然隐退。"幽玄"在日本文论中的这种命运与"幽玄"在中国的命运竟有着惊人的相似：从魏晋南北朝到唐代，在中国的贵族文化、高雅文化最发达的时期，较多使用"幽玄"，而在通俗文化占主流地位的元明清时代，"幽玄"几近消亡。虽然在中国"幽玄"并没有像在日本那样成为一个审美概念，但两者都与高雅、去俗的贵族趣味密切相联，都与贵族文化、高雅文学的兴亡密切相关。

在对"幽玄"的历程及成立的必然性做了动态的分析论述之后，还需要对"幽玄"做静态的剖析，看看"幽玄"内部隐含的究竟是什么。

正如中国的"风骨""境""意境"等概念在中国文论史上长期演变的情形一样，"幽玄"在日本文论发展史上，其含义也经历了确定与不确定、变与不变、可言说与不可言说的矛盾运动过程。历史上不同的人在使用"幽玄"的时候，各有各的理解，各有各的侧重点，各有各的表述。有的就风格而言，有的就文体形式而论，有的在宽泛的意义上使用，有的在具体意义上使用，有的不经意使用，有的刻意使用，这就造成了"幽玄"词义的多歧、复杂，甚至混乱。直到20世纪初，日本学者才开始运用现代学术方法，包括语义考古学、历史文献学以及文艺美学的方法，对"幽玄"这个概念进行动态的梳理和静态的分析研究，大西克礼、久松潜一、谷山茂、小西甚一、能势朝次、冈崎义惠等学者都发表了自己的研究成果。其中，对"幽玄"做历史文献学与语义考古学研究的最有代表性的成果，是著名学者能势朝次先生的《幽玄论》，而用西方美学的概念辨析方法对"幽玄"进行综合分析的有深度的成果，则是美学家大西克礼的《幽玄论》。

大西克礼在《幽玄论》中认为"幽玄"有七个特征：第一，"幽玄"意味着审美对象被某种程度地掩藏、遮蔽、不显露、不明确，追求一种"月被薄雾所隐""山上红叶笼罩于雾中"的趣味。第二，"幽玄"是"微暗、朦胧、薄明"，这是与"露骨""直接""尖锐"等意味相对立的一种优柔、委婉、和缓，正如藤原定家在宫川歌合的判词中所说的"于事心幽然"，就是对事物不太追根究底、不要求在道理上说得一清二白的那种舒缓、优雅。第三，是寂静和寂寥。正如鸭长明所说的，面对着无声、无色的秋天的夕暮，会有一种不由自主地潸然泪下之感，是被俊成评为"幽玄"那首和歌——"芦苇茅屋中，晚秋听阵雨，倍感寂寥"——所表现的那种心情。第四，就是"深远"感。这种深远感不单是时间与空间的距离感，而是具有一种特殊的精神上的意味，它往往意味着对象所含有的某些深刻、难解的思想（如"佛法幽玄"之类的说法）。歌论中所谓的"心深",或者定家所谓的"有心"等,所强调的就是如此。第五,与以上各点联系更为紧密的,就是所谓"充实相"。这种"充实相"是以上所说的"幽玄"所有构成因素的最终合成与本质。这个"充实相"非常巨大、非常厚重、强有力,与"长高"乃至"崇高"等意味密切相关,藤原定家以后作为单纯的样式概念而言的"长高体""远白体"或者"拉鬼体"等,只要与"幽玄"的其他意味不相矛盾,都可以统摄到"幽玄"这个审美范畴中来。第六,是具有一种神秘性或超自然性,指的是与"自然感情"融合在一起的、深深的"宇宙感情"。第七,"幽玄"具有一种非合理的、不可言说的性质,是飘忽不定、不可言喻、不可思议的美的情趣,所谓"余情"也主要是指和歌的字里行间中飘忽摇曳的那种气氛和情趣。最后,大西克礼的结论是:"'幽玄'作为美学上的一个基本范畴,是从'崇高'中派生出来的一个特殊的审美范畴。"[①]

大西克礼对"幽玄"意义内涵的这七条概括,综合了此

[①] 大西克礼：《幽玄とあはれ》,东京：岩波书店,昭和14年,第85~102页。

前的一些研究成果，虽然逻辑层次上稍显凌乱，但无疑具有相当的概括性，其观点今天我们大部分仍可表示赞同。然而他对"幽玄"的美学特质的最终定位，即认为"幽玄"是从"崇高"范畴中派生出来的东西，这一结论事关"幽玄"在世界美学与文论体系中的定性与定位，也关系到我们对日本文学民族特征的认识，应该慎重论证才是，但是大西克礼却只是简单一提，未做具体论证，今天我们不妨接着他的话题略做探讨。

如果站在欧洲哲学与美学的立场上，以欧洲美学对"美"与"崇高"这两种感性形态的划分为依据，对日本的"幽玄"加以定性归属的话，那么我们权且把"幽玄"归为"崇高"。因为在日本的广义上的（非文体的）"幽玄"的观念中，也含有所谓的"长高"（高大）、"拉鬼"（强健、有力、紧张）等可以认为是"崇高"的因素。然而，倘若站在东西方平等、平行比较的立场上看，即便"幽玄"含有"崇高"的某些因素，"幽玄"在本质上也不同于"崇高"。首先，欧洲美学意义上的"崇高"是与"美"相对的。正如康德所指出的，"美"具有合目的性的形式，而"崇高"则是无形式的，"因为真正的崇高不能含在任何感性的形式里，而只涉及理性的观念"；"崇高不存在于自然的事物里，而只能在我们的观念里去寻找"。[1]也就是说,"美"是人们欣赏与感知的对象,崇高则是人们理性思索的对象。日本的"幽玄"本质上是"美"的一种形态,是"幽玄之美",这是一种基于形式而又飘逸出形式之外的美感趣味,更不必说作为"幽玄体"(歌体之一种)的"幽玄"本来就是歌体形式,作为抽象审美概念的"幽玄"与作为歌体样式观念的"幽玄"往往是密不可分的。欧洲哲学中的"崇高"是一种没有感性形式的"无限的"状态,所以不能凭感性去感觉,只能凭"理性"去把握,崇高感就是人用理性去理解和把握"无限"的那种能力;而日本"幽玄"论者却强调:"幽玄"是感觉的、情绪的、情趣性的,因而是排斥说理、超越逻辑的。体现在思想方式上,欧洲的"崇高"思想是"深刻"的,是力图穿透和把握对象,而日本的"幽玄"则"深"而不"刻",是感觉、感受和体验性的。

而且,我们不能单单从哲学美学的概念上,而且还要从欧洲与日本的文学作品中来考察"崇高"与"幽玄"的内涵。《荷马史诗》以降的欧洲文学,在自然景物的描写上,"崇

---

[1] 康德:《判断力批判》上卷,宗白华译,北京:商务印书馆1964年版,第84、89页。

高"表现为多写高耸的山峦、流泻的江河、汹涌的大海、暴风骤雨、电闪雷鸣，以壮丽雄大为特征，给人以排山倒海的巨大、剧烈感和压迫感；而日本文学中的"幽玄"则多写秀丽的山峰、潺潺的流水、海岸的白浪、海滨的岸树、风中的野草、晚霞朝晖、潇潇时雨、薄云遮月、雾中看花之类，以优美秀丽、小巧、纤弱、委曲婉转、朦朦胧胧、"余情面影"为基本特征。在人事题材描写上，欧洲的"崇高"多写英雄人物九死一生的冒险传奇经历，日本文学则写多情男女，写人情的无常、恋爱的哀伤；表现在人物语言上，欧洲的"崇高"多表现为语言的挥霍，人物常常言辞铺张、滔滔不绝，富有雄辩与感染力；日本的"幽玄"的人物多是言辞含蓄，多含言外之意。在人物关系及故事情节的描写中，欧洲文学中的"崇高"充满着无限的力度、张力和冲突，是悲剧性的、刚性的；日本文学中的"幽玄"则极力减小力度、缓和张力，化解冲突，是柔性的。在外显形态上，欧洲文学中的"崇高"是高高耸立着的、显性的，给人以压迫感、威慑感、恐惧感乃至痛感；日本文学中的"幽玄"是深深沉潜着的、隐性的，给人以亲切感、引诱感、吸附感。正因为如此，日本人所说的"入幽玄之境"，就是投身入、融汇于"幽玄"之中。这里的"境"也是一个来自中国的概念，"境"本身就是物境与人境的统一，是主客交融的世界。就文学艺术的场合而言，"境"就是一种艺术的、审美的氛围。"入幽玄之境"也是一种"入境"，"境"与"幽玄之境"有着艺术与美的神妙幽深，却没有"崇高"的高不可及。要言之，欧洲的"崇高"是与"美"对峙的范畴，日本的"幽玄"则是"美"的极致；欧洲的"崇高"是"高度"模式，日本的"幽玄"是"深度"模式。

总之，日本的"幽玄"是借助中国语言文化的影响而形成的一个独特的文学概念和审美范畴，具有东方文学、日本文学的显著特性，是历史上的日本人特别是日本贵族文人阶层所崇尚的优美、含蓄、委婉、间接、朦胧、幽雅、幽深、幽暗、神秘、冷寂、空灵、深远、超现实、"余情面影"等审美趣味的高度概括。

"幽玄"作为一个概念与范畴是复杂难解的，但可以直觉与感知；"幽玄"作为一种审美内涵是沉潜的，但有种种外在表现。

"幽玄"起源于日本平安王朝宫廷贵族的审美趣味，我们在表现平安贵族生活的集大成作品《源氏物语》中，处处可以看到"幽玄"：男女调情没有西方式的直接表白，而往往是通过事先互赠和歌做委婉的表达;男女初次约会大多隔帘而坐,只听对方的声音,不直接看到对方的模样,以造成无限的遐想;女人对男人有所不满,却不直接与男人吵闹,而是通过出家表示自己的失望与决绝,就连性格倔强的六条妃子因嫉妒源氏的多情泛爱,却也只是以其怨魂在梦中骚扰源氏而已。后来,宫廷贵族的这种"幽玄"之美,便被形式化、滞定化了,在日本文学艺术乃至日常生活的一切方面都有表现。例如,《万叶集》中的和歌总体上直率质朴,但《古今集》特别是《古今和歌集》之后的和歌却刻意追求余情余韵的象征性表达,如女歌人小野小町的一首歌"若知相逢在梦境,但愿长眠不复醒",写的是梦境,余情面影,余韵无穷。这一点虽然与汉诗有所相似,但汉诗与和歌的最大不同,就是汉诗无论写景抒情,都具有较明显的思想性与说理性,因而总体上语言是明晰的、表意是明确的,而古典和歌的"幽玄"论者却都强调和歌不能说理,不要表达思想观念,只写自己的感受与情趣,追求暧昧模糊性。和歌中常见的修辞方法,如"掛词"(类似于汉语的双关语)、"缘语"(能够引起联想的关联词)等,为的就是制造一种富有间接感的余情余韵与联想,这就是和歌的"幽玄"。

"幽玄"也表现在古典戏剧"能乐"的方方面面。能乐的曲目从一般所划分的五类内容上看，大部分是超现实的，其中所谓"神能""修罗能""鬼畜能"这三类，都是神魔鬼畜，而所谓"鬘能"（假发戏）又都是历史上贵族女性人物以"显灵"的方式登场的。仅有的一类以现实中的人物为题材的剧目，却又是以疯子、特别是"狂女"为主角的，也有相当的超现实性。这些独特的超现实题材是最有利于表现"幽玄"之美，最容易使剧情、使观众"入幽玄之境"。在表演方面，在西洋古典戏剧中，演员的人物面部表情非常重要，而能乐中的人物为舍弃人的自然表情的丰富性、直接性，大都需要戴假面具，叫作"能面"，追求一种"无表情""瞬间固定表情"，最有代表性的、最美的"女面"的表情被认为是"中间表情"，为的是让观众不是直接地通过最表面的人物表情，而是通过音乐唱词、舞蹈动作等间接地推察人物的感情世界。这种间接性就是"幽玄"。能乐的舞台艺术氛围也不像欧洲和中国戏剧那样辉煌和明亮，而是总体上以冷色调、暗色调为主，有时在晚间演出时只点蜡烛照明，有意追求一种超现实的幽暗，这种幽暗的舞台色调就是"幽玄"。在剧情方面，则更注意表现"幽玄"。例如在被认为是最"幽玄"的剧目《熊野》中，情节是女主人公、武将平宗盛的爱妾熊野，听说家乡的老母患病，几次向宗盛请求回乡探母，宗盛不许，却要她陪自己去清水寺赏花。赏花中熊野看见凋零的樱花，想起家中抱病的老母，悲从中来，当场写出一首短歌，宗盛接过来看到上句——"都中之春固足惜"，熊野接着啜泣地吟咏出下句——"东国之花且凋零"。宗盛听罢，当即表示让熊野回乡探母……此前熊野的直接恳求无济于事，而见落花吟咏出来的思母歌却一下子打动了宗盛。这种间接的、委曲婉转的表述，就是"幽玄"。"幽玄"固然委婉、间接，却具有动人的美感。

"幽玄"也表现在日常生活中，例如日本传统女性化妆时喜欢用白粉将脸部皮肤遮蔽，显得"惨白"，却适合在微暗中欣赏。日本式建筑不喜欢取明亮的间接光线，特别是茶室窗户本来就小，而且还要有帷帘遮挡，以便在间接的弱光和微暗中现出美感。甚至日本的饮食也都有"幽玄"之味，例如，日本作家谷崎润一郎在《阴翳礼赞》中，列举了日本人对"阴翳"之美的种种嗜好，在谈到日本人最为常用的漆器汤碗的时候，他这样写道：

> 漆碗的好处就在于当人们打开盖子拿到嘴边的这段时

间,凝视着幽暗的碗底深处,悄无声息地沉聚着和漆器的颜色几乎无异的汤汁,在这瞬间人们会产生一种感受。人们虽然看不清在漆碗的幽暗中有什么东西,但他可以通过拿着汤碗的手感觉到汤汁的缓缓晃动,可以从沾在碗边的微小水珠知道腾腾上升的热气,并且可以从热气带来的气味中预感到将要吸入口中的模模糊糊的美味佳肴。这一瞬间的心情,比起用汤匙在浅陋的白盘里舀出汤来喝的西洋方式,真有天壤之别。这种心情不能不说有一种神秘感,颇有禅宗家情趣。[1]

谷崎润一郎所礼赞的这种幽暗、神秘的"阴翳",实际上就是"幽玄"。这种"幽玄"的审美趣味作为一种传统,对现代日本文学的创作与欣赏,也持续不断地产生着深刻影响。现代学者铃木修次在《中国文学与日本文学》中,将这种"幽玄"称为"幻晕嗜好"。在《幻晕嗜好》一章中,他写道:

---

[1] 谷崎润一郎:《阴翳礼赞——日本和西洋文化随笔》,丘仕俊译,北京:三联书店,1992年版,第15页。

读福原麟太郎先生的《读书与人生》可以看到这样一段逸事："诗人西胁顺三郎是我引以为荣的朋友,他写的一些诗很难懂。他一旦看到谁写的诗一看就懂,就直率地批评说:'这个一看就懂啊,没有不懂的地方就没味啦。'"读完这段话实在教人忍俊不禁。福原先生是诙谐之言,并不打算评长论短,然而不可否认的是,我看了这段话也不由得感到共鸣。认为易懂的作品就不高级,高级的作品就不易懂,这种高雅超然的观点,每个日本人多多少少都会有一点吧?这种对幽深趣味的嗜好,并不是从明治以后的时髦文化中产生的,实际上是日本人的一种传统的嗜好。①

实际上,作为一名中国读者,我们也常常会在具有日本传统文化趣味的近现代文学的阅读中,感到这种"不易懂"的一面。例如,从这个角度看川端康成的小说,可以说最大的特点是"不易懂"。但这种"不易懂"并不像西方的《神曲》《浮

---

① 铃木修次:《中国文学与日本文学》,东京书籍株式会社"东书选书",1988年版,第104页。

士德》《尤利西斯》那样由思想的博大精深所造成；相反，却是由感觉、感情的"幽玄"的表达方式造成的。我们读完川端的作品，常常会有把握不住、稍纵即逝的感觉，不能明确说出作者究竟写了什么，更难以总结出它的"主题"或"中心思想"，这就是日本式的"幽玄"。

懂得了"幽玄"的存在，我们对日本文学与文化就有更深一层的理解。"入幽玄之境"是日本人最高的审美境界，"入幽玄之境"也是我们通往日本文学、文化之堂奥的必由之门。

第一章

孕育幽玄的歌道与歌学

"幽玄"的概念及其相关问题，主要是在我国中世时代形成的，由于其产生的领域具有限定性，在此，我想，试图将它作为一个审美范畴来看待，并要在美学的意义上加以阐释，恐怕还是需要加以明确辨析的。假如这种辨析可使"幽玄"明朗化，那么最终"幽玄"究竟为何物自然就清楚了。不过，我倒想多少绕一点弯路，将孕育"幽玄"这一概念的我国歌道及其歌学的一般特性加以美学上的考察。以这种方法，一则可以使我的"幽玄"论有一个基础，二则可以在一般意义上来说明为什么我们对于"幽玄"需要加以美学上的关注。

第一，所谓"歌道"，其发展历程自古代以来就经历了许多的曲折。应该说，和歌是我国特有的艺术形式，从美学上看，也具有特殊的品格。首先，从审美意识之作用的直观与感动的关系来考虑，和歌作为一种诗，包括了抒情与述景两方面，不仅如此，和歌与我们民族的美意识，或者在更宽广的意义上说，与我们民族精神的某些特性是密切相关的。抒情与述景紧密融合在一起，可以说是和歌的一个特征。当然，《万叶集》以降，很多歌集都有内容的分类，有四季、恋爱、哀伤之类，在内容上主要是将述景的和歌与抒情的和歌加以区别，然而从实际的和歌作品来看，即便是描写自然的风物与风景，很多情况下也不是单纯地写景，而是将浓厚的抒情因素或明或暗地渗透在其中，这是无须多言的。相反，在表现恋爱和哀伤之类的主观感情的时候，大多数情况下，也常常与自然景物的描写结合在一起，这也是显而易见的事实。例如，像《万叶集》中的"秋田禾穗上……"之类，表面上看，上句不过是下句的铺垫而已，而作为审美内容来看，映照在秋田禾穗上的朝霞，是将下句的抒情内容加以具象化了。这样的例子可以举出很多。根据福井久藏氏的《大日本歌学史》，有一本书叫《藤原家隆口传抄》，虽然似乎是假托的伪作，但其中有一句话说得很好："歌寄情于花鸟风月，然而心必专于一处。"这意思说的也不外乎是抒情与述景融合的重要性。在这个意义上，和歌这一艺术形式，从历史上大量作品来看，在一般的审美意识中，最容易具备的是"直观"与"感动"的有机融合，而且许多作品在这方面做得很好，故而似乎可以把这一点作为和歌的一个特性。众所周知，即便是西洋的诗，其中最突出的抒情诗，例如歌德等人的诗作，其特点也都是将直观的要素与感动的要素特别紧密地结合在一起的。诗歌中若要有这一个必不可少的审美价值之要件的话，那么和歌在充分满足这一要件方面，可谓得天独厚。

第二，在如上所述的审美体验的内容中，从被融合统一的两个要素——我称之为"艺术感的要素"和"自然感的要素"——的关系来看，和歌容纳了极其丰富的自然感的要素，这是它的显著特性之一。而且不限于和歌，在日本及东方的艺术中，整体上与西方相比，丰富而且深刻的"自然感"的、"审美的"要素也更为发达，这是无须多言的事实。然而我在这里要特别指出，我这样说并不是单就和歌及其他一般的东洋艺术的题材而言，以我的看法，在东洋艺术中，所谓自然感的审美要素的丰富性，与西洋艺术相比，不单是数量上的差异，而且是具有质的不同。不过，这个问题很大，在这里不便详加讨论，我只想将我的意思尽可能简单地大体上谈一下。

在东洋特别是日本，由于气象风土上的原因，以所谓"自然美"即自然物为对象的审美体验，无论是在其广度还是在其深度上，早就有了显著的发展。其结果，这种自然美的体验，对人们本身而言已经转换为一种艺术体验了，由此而体现出了一种催生审美价值意识的倾向。与此同时，东洋独特的世界观，使得这种感情的倾向更加朝着思想方面深化和发展，故而，东洋人的这种固有意识，似乎就不可能像西洋那样继续朝着与"自然美"判然有别，乃至超乎其上的"艺术美"这一特殊观念加以发展了。当然，在我国，像"艺能"或者"艺道"这样的观念，也随着思想的发展而分化着，然而，比起西洋的"技能"或者"技术"这样的观念来，它包含着对参与者人格主体的、主观精神的方面加以强调的意味，所以毋宁说，这一思想与"美"自身的问题完全不同（这些概念在审美艺术之外也被广泛地使用着）。就美本身的问题范围内而言，可以说，在东洋，无论从思想上还是感情上，都不可能将所谓艺术美和自然美，像西洋美学那样在"形式美"和"内容美"相关联的意义上加以区分；也就是说，在东洋的美意识里，在两者密不可分的意义上，自然美与所谓艺术美的意味是相同的。同样地，在所谓自然美当中，也有着艺术美的东西。而且，这两者不仅在密不可分的意义上结合在一起，在审美的意义上，可以认为两者是直接地由"自同性"而殊途同归的。

因此之故，反过来说，就东洋人的审美意识而言，从某种意义上可以说，在艺术品产生之前，艺术美就已经存在了。从这一立场来看问题，所谓艺术，其本义就是要忠实地呈现和发挥自然中本来就有的艺术美，率直地发表人们对于自然美的主观感受，由此而进行艺术技能的修行，发挥其全人格的、道德的精神之意义，艺术的根本就在于此。不过，我们说要忠实地发挥呈现自然中的艺术美，绝不意味着将自然美的感觉的形态，用西洋式的写实主义方法加以描写，与此相反，而是要将自然本身朝着它所内含的理想美的方向加以发挥。要言之，我想应该从这种东洋美的根本精神中，来说明种种艺术样式的特性，但在此不便展开论述了。我要说的是，从这个角度来看，在自然与艺术的关系方面，在东洋特别是日本的独特的艺术种类，例如和歌与俳句等艺术样式中，是否存在着西洋艺术中难以设想的特殊的方法呢？为了将艺术的看法简明扼要地加以概括，我想试着使用一个公式来说明。西洋的艺术构造具有一种普遍的倾向，从相对的意义上来说，就是：

艺术美的形成+（自然美的形成+素材）=艺术品

或者根据奥德·布莱希特的看法，就成了一个更简单的公式：

艺术美的形成+素材=艺术品

然而，在东洋的艺术的构造（当然是在相对的和概括的意义上）方面，就需要将上述的公式中的括号插入的方式改变一下，即：

（艺术美的形成+自然美的形成）+素材=艺术品

或者更精确地表示，就是：

艺术的形成+［（艺术美的形成+自然美的形成）+素材］=艺术品

最后这个公式，如上所说，对东洋的审美意识来说，就意味着一种主观的可能性，即在艺术品形成之前，作为一种艺术美已经与自然美合体而存在着了，同时，这里所谓的"艺术的形成",在某种意义上已经超出了艺术的范围,例如在日本的"艺能"或"艺道"这样的概念中,往往暗含着全人格的、全精神的(也含有道德的宗教的意味),进而是超艺术的意味。(在西洋,在浪漫主义的艺术观念中,艺术的概念显著地扩大了,这种例外的情况也不应忽视。)总之,在极为抽象的、概略的层面上,似乎可以说,在东洋的艺术中,"艺术"这种东西的真髓,一方面在于将人的精神提升到究极本质的高度,或者加深到最深度,同时另一方面,又具有与自然本身"超感性的基体"加以同一化的倾向。"万物的本质是不生不灭,众生中包含万性万理,此一性非先天地而生,亦非后天地而生,此乃万物之根源。和歌之理亦在其中。"(《耕云口传》)总之,我对于东洋艺术中的"自然感的美的因素",就是这样理解的。而对这一点加以强调,将有助于显示和歌、俳句这两种日本独特的艺术样式的美学特性。

第三,将此作为审美意识的形式,从创作与接受的关系来看,和歌与俳句在各种艺术样式中有一个值得注意的特殊性。一言以蔽之,就是在这些特殊的艺术形式中,创作与接受,作为美意识,能够最明朗、最纯粹地持续保持一种本源上的统一性。以我之见,尽管和歌与俳句作为一种诗,在艺术上已经发展到了一种很高的境地，然而其外在形式却是极其简单容易的。不过，这里所说的简单容易是单就外形而言的，如果稍微深入其内面的话，情况就不一样了。例如，在和歌中，从古代就有"风体""歌病""禁句"之类的概念；在俳句中，也有"切字""季题"之类的规范，用词的选择、句子的接续、格调上的艺术性等，作为艺术的条件都被考虑到了。在某种意义上说，和歌俳句在外形方面只是单纯的短小，而要达到很高的艺术境界，就需要特别的用功和修炼。也就是说，这样的艺术样式（顺便说一下，不仅是在和歌俳句中，在文人画，或者茶道、花道等日本的艺道中也是一样），入门对任何人来说都比较容易，但真正能够登堂入室的人却是极少数。再换一个角度，不是从客观价值的立场，而是从主观的美的体验的方面来说，和歌俳句这样的艺术样式，在专家以外的任何人都比较容易接近，在审美享受的普及性的同时，也有审美创造的普及性。这两点在整个民族中都齐头并进，并行不悖，这是显而易见的事实。因而，在这样的情况下，我们在美学层面上所思考的审美享受与审美创造的本源的统一性，即便是以一种"兴趣主义"的形式而存在，在产生这种艺术样式的民族生活中，也最有可能将这种特性牢固保持、充分发挥。我们民族的审美意识本来就有这种倾向，使得这种本源的统一性可以持续地保持并发展，所以才使得和歌俳句这样的艺术样式发生发达起来。或者反过来说，由于这样的艺术样式在种种条件下发生，我们民族的审美意识才得以朝着这种本源的统一性的方向发展，恐怕这些都是互为因果的吧。这样看来，在我国的和歌俳句中，比较而言没有被人为性的社会体制因素，例如艺术家的职业化、艺术作品的创造与艺术欣赏的分工等因素所扭曲，而是将原本就形成的美意识的根源的纯真性加以保持和发挥，这可以说是我们值得注意的一个美学上的特性。

以上是从作为一种艺术的歌道本身来论述的。而从"幽玄"这一概念产生的背景、从对和歌艺术的反省的方面，即歌学发达的角度来思考，也可以指出与此相关的值得注意的一两个特点。本来，在我国，像西洋那样的美学、艺术哲学之类的东西，原本就没有出现，然而在各个艺术领域的美学的反省是很发达的，不管是中国还是日本，都以所谓"诗论"和"画论"之类的形式大量出现，我国的"歌学"就是其中之一。一般而言，这种具体的艺术论，基本上是以研究那种艺术样式的固有技巧、形式为主的。（在东洋，这样的研究与文学史、艺术史的研究并没有分化，所以，历史性的考察也含在其中。）

因此概而言之，在那些诗论或画论中，对艺术中的审美本质问题的反省，是很微弱的，或者说是肤浅的。当然，在中国的画论与诗论中，在对具体的品评中所使用的有关审美本质、美的印象的形容词，其细致精密、丰富多彩，在世界上堪称无与伦比，但关于美学理论上的省察却几乎看不到。比较而言，日本歌学在这一点上与中国稍有不同。最初的歌学著作是奈良朝末期藤原滨成撰写的《歌经标式》，该书通过空海的《文镜秘府论》，受到了由中国输入的中国诗论的影响。但从平安朝到镰仓时代，伴随着歌道的隆盛而发达起来的中世歌学，已经对和歌的审美本质、艺术样式（"风体"）、创造意识及其过程，歌道与宗教意识的关系等单纯的艺术形式之外的问题，也作为精神方面的问题，做了某种程度的深入探究。甚至有些时候我们可以从中发现美学探索的因素。从比较的角度看，在东洋，作为一种特殊的艺术论，世阿弥与禅竹的那些接受中世以降的歌学影响而撰述出来的能乐论著作，可以说已经带有美学或者艺术哲学的性质了。

其次，还需要注意的是，在艺术样式论的反省中，常常是把自然美的体验与内容的反省密切地结合在一起。我认为，在这一点上，作为单纯的特殊艺术论的歌学，已经向一般美学的立场靠近了，有的甚至达到了很高的程度。同时，这一点与我上文中论及的和歌与俳句中体现的东洋审美意识的特性——即"艺术感的契机"与"自然感的契机"在一种特殊意义上的互渗与融合的关系——相联系。我认为"幽玄"这一歌学的概念是由东洋特殊的民族精神所规定的一个美学范畴，根据就在于此。这里所指出的歌学反省中的这个特色，我们还将在后文对"幽玄体"这一和歌样式概念进行考察的过程中再加以充分分析实证，现在只是为了先明确它的含义，而举例加以说明。在上文刚刚提到的"和歌四式"之一的《喜撰式》中，列举了所谓"和歌四病"，这些"病"的名称作为一种概念的表达，使用了"一、岸树；二、风烛；三、浪舟；四、落花"这样的词。显而易见，所谓"岸树"，就是容易倒下去的树；所谓"风烛"，就是很容易熄灭的蜡烛；所谓"浪舟"，就是容易倾覆的船舟；所谓"落花"，有缭乱的意味。而对和歌中的这些缺点的指陈，并非只是表达出了对某些和歌的审美印象式的感受，例如第一病"岸树"，举出的有"照日""照月"之类的第一句及第二句的首字的同音现象（其他论述的都是此类的音韵上的问题），其中明显地含有对和歌形式风格方面特征的认识。像这样在对和歌风格加以一定概括的时候，

"岸树""风烛"这样的词，就属于表达"自然感"的词汇。以前人们似乎只是将这种用词视为一种比喻和诙谐，而我则在其中看出了将"自然感"与"艺术感"加以敏锐把握之后而自然呈现出的特殊的美的融合。再举一个例子，正如那位有名的纪贯之所说："聆听莺鸣花间，蛙鸣池畔，生生万物，付诸歌咏。"在他看来，自然中有诗，也有歌。此后，在中世的歌人的和歌"风体论"中，也能看到艺术感与自然感的相互融会的例子，并且最终成为贯穿整个歌学思想发展史的一个基调。"歌如五尺菖蒲，由水而涌出。"在这样的表述中，是立于艺术感与自然感的融会贯通这一根本原理之上的，是超越于比喻或类比的对和歌本质的一种直截了当的表述。

总之，以下将要论述的"幽玄"概念及其相关问题，都是以这种作为艺术的歌道以及作为艺术论的歌学为基础而产生出来的。鉴于此，将"幽玄"作为一个美学范畴来看待，就有了充分的理由。

第二章

幽玄展现的美学形式

最近，关于"幽玄"的问题，有种种研究成果陆续发表了，然而多数是对"幽玄"的历史的研究，特别是对"幽玄"思想的文学史的，乃至精神史的研究。总体看来（恐怕我只是了解其中的一小部分而已），我认为在相关研究中，要么将这个概念无节制地扩大到世界观的范畴，要么给予过多的特殊限定，并在此基础上做分析性的考察。我想，无论对"幽玄"这个概念及其思想历史的形成，或由外国传入的轨迹做如何的分析考辨，都不能直接见出它美学上的意义。鉴于此，我在这里摆脱精神史的角度与趣味，而试图转从美学的立场上，对这个问题加以考察。不过，为了进行这一研究，相关的基础性研究，及在某种程度上对"幽玄"一词的用例加以文献学的研究，也不能不加以考虑。而要在文献学上对该词的用例加以详尽的研究，就要将范围扩大到歌学著作以外的日本古典诗文中，乃至中国的文献中去，然而这一工作，我们只好等待相关的专家进行研究了，舍此别无办法。无论如何，"幽玄"这一概念是从日本歌学中产生出来的，而且我们又是把它作为一个美学问题来看待的，所以，我们权且只涉及主要的相关文献。

在这样的研究中，有一点我们要特别注意，就是将"幽玄"这个词作为一个特殊的美学意义上的"价值概念"来看待，还是将它作为一种"样式概念"即"幽玄体"来看待，两者是有区别的（对两者直接的精细的关系区分，容以后再加论述）。我对日本的歌学文献加以概览的时候，发现所解释的"幽玄"一词，在许多场合属于"幽玄体"这一样式概念，或者是从这一样式概念导出的概念（即便并没有使用"幽玄体"或"幽玄调"这样的表述）。而有的时候，在这些文献中以及歌学以外的文献中，也有脱离样式概念而作为纯粹的审美价值概念加以使用的例子。本来，不言而喻，"幽玄体"这个词是在"幽玄"这个词的基础上形成的，然而一旦作为样式概念而确立，其意义固定之后，在从中导出的新的含义中，例如在"歌合"的判词中，与样式概念形成之前的、作为最初审美概念的"幽玄"未必是一致的。这一点在此不遑论证。而"幽玄""有心"之类的重要概念的意味一直都有种种混乱，我想在今后对它们多少尝试着加以整理。在此，只从背景的意义上加以注意而已。

从这一立场上看，在中国的文献中，"幽玄"一词的用例，据冈崎义惠的《日本文艺学》的考证，是唐代诗人骆宾王《萤火赋》中的"委性命兮幽玄，任物理兮推迁"的句子。晋代谢道韫的《登山》诗中也有："峨峨东岳高，秀极冲青天，岩中间虚宇，寂寞幽以玄，非工复非匠，云构发自然，气象尔何物……"等句，临济宗禅师有语云："佛法幽玄。"这些文献中的"幽玄"用例背后，不管有没有中国的老庄思想和禅宗思想，无论如何在这些场合，我们应该从"幽玄"的字面意思加以解释。此外，查考日本古代歌学文献之外的用例，有藤原忠宗在《作文大体》中提出了"余情幽玄体"这样一种诗体，作为作品例证举出了菅三品的诗"兰蕙苑风催紫后，蓬莱洞月照霜中"，然后评曰："此等诚幽玄体也，作文士熟此风情而已。"想来，这首诗作中的所谓"余情幽玄"，是借菊花来做象征性，以表现美的内容的幽玄性。然而在这里，"幽玄"是明确地作为样式概念来使用的，因而对这样的情况我们姑且作为例外。比后来的歌学方面的《忠岑十体》中的样式论要晚近一些，或许此处是受了歌学著作中的样式论的影响（特别是《作为大体》中的那一部分，不是出自忠宗本人之手，而是混入了后人的文章）。此外，在大江匡房、藤原敦光等当时擅长汉诗的日本人写的文章中，可以见到"幽玄之境""古今相隔，幽玄相同""幽玄之古篇""幽玄之晶莹才""艺术极幽玄，诗情仿元白""幽玄之道"之类的说法，在这些场合，从"幽玄"本身的概念来看，指的是艺术美的极致，或者到达这种境界的才华与途径，明显地是在审美价值概念的意义上加以强调的。换言之，在这些说法中，看不出"幽玄"的概念受到了某种特殊的样式概念的束缚。在这些文句出现的时候，一些人，例如藤原基俊那样的杰出歌人，同时又擅长汉诗文写作，可知实际上在歌道方面，"幽玄"这一概念在其周围的文人墨客中已经流行开了。不管怎样，在这些用例中，"幽玄"这一概念尚没有作为样式概念而明确地加以使用，这一点是毋庸置疑的。

再看看歌论或歌学方面，最初使用"幽玄"这个词的，正如许多人所指出的那样，是纪淑望所写的《古今和歌集真名序》，其中有"至如难波津之升献天皇，富绪川之篇报太子，或事关神异，或兴入幽玄，但见上古歌多存古质之语，未为耳目之玩"这样的语句。这里的"幽玄"一词的意思，可以做种种的解释。这个"幽玄"作为"佛法幽玄"的意味是否可以直接与圣德太子的有关传说相联系，又另当别论，但这里很明确的是"幽玄"并不局限于歌道，也没有后来那样的样式概念的意味。

接着，在壬生忠岑所撰著的《和歌十体》中，列举了"古语体""神妙体""直体"，还有"余情体""高情体"等。所谓"忠岑十体"的分类，当时是立意于和歌样式的区分，但显然他的分类依据是混乱的，还算不上是严密的样式划分。而在这"十体"的名称中，并没有出现"幽玄"体，而与后来作为样式概念的"幽玄体"最为接近的，就是他所谓的"余情体"和"高情体"。忠岑的关于"高情体"的解释说明是："此体词虽凡流，义入幽玄，诸歌之为上科也。"这里使用了"幽玄"一词。顺便说一下，我怀疑这个"雖"字是"離"字之误。如果按原文字面加以解释的话，就是"幽玄"的价值意味只在于"义"，亦即"心"的方面。我倒觉得，所谓"幽玄"指的是"词"与"义"都超凡脱俗，从而进入崇高幽远的境界。这样解释，与下面所说的"诸歌之为上科也"的意思就互为照应了，正好可以表示出和歌整体的审美价值的最高状态。无论如何，尽管这里已经产生了对和歌样式加以划分的思想，但"幽玄"这一概念本身还没有像后世那样直接用作样式概念，毋宁说是在和歌整体的美抑或是艺术的价值概念的意义上加以使用的。

此后，在歌学文献中最早且最值得注意的，是藤原公任的《新撰髓脑》及《和歌九品》，后者将和歌的价值等级分为九个品级，而在这九个品级中的最高品级，所举出的和歌的例子是：

> 明石海湾朝雾中
> 小岛若隐若现
> 仿佛一叶扁舟

还有壬生忠岑的：

> 只缘新春来
> 云雾缭绕
> 吉野山面目朦胧

这两首和歌。公任对这两首歌的评语是："用词神妙，心有余也。"所谓"心有余"，就是"余情"，从样式的角度看，就相当于壬生忠岑的"余情体"乃至"高情体"，或者后来所说的"幽玄体"。在藤原公任的《新撰髓脑》中，先将九首和歌分为不同风体，而将《风吹白浪翻》作为第一首歌列举出来，并说"可引为楷模"。这里主要取的是和歌样式的角度，而上述的《和歌九品》的分类标准明显是美的价值的区别。像这样，在公任的歌学中，是将样式的区分与价值的区分并立而行的，这一事实，对我们的立论而言是特别需要注意的。

接下来，对我们来说同样值得注意的是，藤原基俊在其和歌判词中使用的"幽玄"概念。作为当时的和歌大家、作为和歌评判者的基俊，在中宫亮显辅家的歌合（长承三年九月）上，对左一首："谁家门前的梨树，披上了霜露，远望似红叶"；右一首："红色末摘花，浓浓淡淡披秋霜，仿佛红叶样"，下了这样的判词：

> 左歌词虽拟古质之体，义似通幽玄之境；右歌义实虽无曲折，言泉已（非）凡流也，仍以右为胜。毕。

在这里，说左歌的意味内容（"义"）"通幽玄之境"，是指何而言的呢？或许写的是一个隐士，信仰老庄或禅宗的思想，在晚秋的山间，没有妻子相伴而独自栖息的情景，因而堪当"幽玄"一词。然而，现在假如我们不按这一思路来解释，那么这个判词的意思似乎可以理解为：左歌用词虽显古风简朴，而其意思却具有相当的复杂性，因此，就缺点而言，它的"心"与"词"多少有点不谐调；相反，右歌在内容意味上不太复杂，而用词却很流畅，形式与内容很好相谐调，比较而言还是略胜一筹。无论如何，在这个判词中值得我们注意的一点，就是使用了"幽玄"这样一个审美判断的词，未必就是意味着对其艺术价值的很高的判断，而在这里，判者只是使用了"幽玄之境"一词，而没有使用"幽玄之体"这样的样式概念。对于基俊而言，"幽玄"这一概念不过是在老庄或禅宗之类的宗教思想的意义上，即非美学的意义上使用的。这样解释似乎说得通，但我想实际上似乎又不是那么简单。为什么呢？因为，第一，被评为"幽玄"的和歌却未能在歌合中胜出，这种例子在其他判者的判词中也是常常出现的；第二，在基俊的时代，正如上文所说的那样，在汉诗文方面常常使用"幽玄"一词，特别是在那本《作文大体》中的"幽玄"概念，以及

"忠岑十体"中对"高情体"的说明中使用的"幽玄"概念，对于擅长汉诗同时又是和歌大家的基俊，当然会产生影响。基俊的"幽玄"概念当然也暗含着老庄"幽玄"思想的因子吧。不仅如此，在基俊那里，"余情幽玄体"这样一种样式概念，或许虽然尚未达到样式概念的程度，但已经在汉诗与和歌的评论中，作为一个特殊术语而含有"幽玄"的意味了，这是没有疑问的。这样看来，在后来更加明确出现的、单纯作为歌道中的样式概念或特殊术语的"幽玄"，与标志着一般审美价值乃至艺术价值之极致的"幽玄"，两者在意味上的乖离，已经朦朦胧胧地在基俊的判词中显示出来了。对于要在美学的意义上对"幽玄"概念加以检讨的我们来说，这两方面的意义及其关系常常成为一个很麻烦的问题。

第三章

余情缠绕的幽玄美学

在我国中世的歌学中，"幽玄"的概念作为一个样式概念，即所谓"幽玄体"的概念大体确立之后，歌学家们都做了怎样的解释和说明，我们接下来还需要对此做一个概观。

现在我们所见到的文献，例如忠岑的《和歌十体》中，已经包含了作为样式概念的"幽玄"之萌芽。在歌道当中，"幽玄"作为一个名副其实的样式概念，即歌体，得以明确确立下来，恐怕还是从藤原俊成领导歌坛的那个时代开始的。不过，看看俊成自己的著作《古来风体抄》，再看看他大量的和歌判词，他并非有意识地将"幽玄体"作为一种特殊样式加以倡导、加以确立，起码从表面上看不出来。即便俊成本人并没有将自己的歌体用"幽玄"这个概念加以概括，但他原本就有的艺术倾向及和歌样式上的特点，都与此前以含混模糊的形态进入歌道的"幽玄"概念，有着一种本质的联系。前者从后者中获得了理念上的启示，而后者又从前者的创作中获得了具体的表现形式。从那时起，"幽玄体"的概念就渐渐确立起来，这一事实，我们可以在鸭长明的《无名抄》与藤原定家的相关著述中明显见出。（在他的歌合判词中，也屡屡使用了"幽玄体"这一概念。）

首先，在俊成那里，在歌论中直接使用"幽玄"的场合，主要体现于写在慈镇和尚的歌合判词之后、自述其平生抱负的一段文字中，其中有这样几句话，可见其歌论之一端：

> 大凡和歌，一定要有趣味，而不能说理。所谓咏歌，本来只是歌唱，只是吟咏，无论如何都要听起来艳美、幽玄。
>
> 要写出好歌，除了词与姿之外，还要有景气。例如，春花上要有霞光，秋月下要有鹿鸣，篱笆的梅花上要有春风之香，山峰的红叶上要降时雨，此可谓有景气。正如我常说的，春天之月，挂在天上缥缈，映在水中缥缈，以手搏之，更是朦胧不可得。

这里只是用了"幽玄"，并没有使用"幽玄体"一词，考察整段文章的意思，明显可以看出，他是将一种缥缈的、余情绵绵的歌视为"幽玄"的。稍微发挥一下，我认为他所说的不仅是在单纯的歌词中所表现出来的东西，此外还要表达意味内容上的余情，更要表现出心与词合一的、弥漫于整首和歌中的那种难以名状的美的氛围和情趣。总而言之，在俊成那里，不是单纯的余情，不是单纯的美，而是两者之间的统一。他是将美的余情的飘忽不定、难以捕捉的状态，叫作"幽玄"。俊成还在名叫"显广"的年轻时代，在中宫亮重家朝臣的家中举办的赛歌会上做和歌判者，他对一首和歌"越过海滩涌来的白浪，遥望花儿凋谢的故乡"，评曰"风体幽玄调，义非凡俗"。后来，他改名"俊成"后，在住吉神社的赛歌会上，对一首和歌"晚秋阵雨后，芦庵倍寂寥，无眠之夜思故都"评曰"优胜"，称和歌中的"倍寂寥""思故都"等用词"既已入幽玄之境"；在广田神社的赛歌会上，他对一首和歌"舟行大海上，放眼望故乡，云井岸上挂白云"，评曰"呈幽玄之体"，与其他和歌并列，不分优劣；在三井寺新罗社赛歌会上，他对"早晨出海去，伴随鸟鸣声，渐渐消失高津宫"的和歌，使用了"幽玄"做评语；在西行法师的御裳濯川赛歌会上，俊成对"鸟立沼泽"和"津国难波之春"等歌，都使用了"幽玄"做评语。其他例子，在此不一一列举了。在"六百番赛歌"及其他歌会上，俊成还常常用"幽玄之体""幽玄之调"这样的评语，有时也用"入幽玄之境""是为幽玄"之类的说法。

作为样式概念的"幽玄"思想，到了鸭长明的《无名抄》就显得更为明确了。在该书的下卷有《近代歌体》（一作《近代古体》）一节写道："有人问：当今之世，人们对于和歌的看法分为两派，喜欢《古今集》时代和歌的人，认为现在的和歌写得不好，动辄以'达摩宗'相讥讽。另一方面，喜欢当代和歌的人，则讨厌《古今集》时代的和歌，谓之'近俗，无甚可观'，怎样看待这个问题呢？"鸭长明回答：

> 今世歌人，深知和歌为世代所吟诵，历久则益珍贵，便回归古风，学"幽玄"之体。而学中古之流派的人，则大惊小怪，予以嘲讽。然而，只要心志相同，"上手"与"秀歌"两不相违。

关于"幽玄"，他认为是从《古今集》开始形成的，并且更进一步说明了"幽玄"的本质，他写道：

进入境界者所谓的"趣",归根到底就是言辞之外的"余情"、不显现于外的气象。假如"心"与"词"都极"艳","幽玄"自然具备。例如,秋季傍晚的天空景色,无声无息,不知何故你若有所思,不由潸然泪下。

他举例说,一个优雅的女子心有怨怼,而又深藏胸中,强忍不语,看上去神情恍惚的样子,就是"幽玄"的风情。又说:

在浓雾中眺望秋山,看上去若隐若现,却更令人浮想联翩,可以想象满山红叶层林尽染的优美景观。

他在该书中还引用俊成的话说:"世人寻常所谓的好歌,就像竖纹的织物,而'艳'的歌就仿佛浮纹的织物,'景气'在此浮出。"并举出《朦胧灯火》《从前没有亮光的夜》两首和歌,认为"只有在这里才把隐含的余情浮现出来"。由此看来,在鸭长明那里,一方面从俊成那里继承了作为价值观念的"幽玄"概念,同时另一方面,又在"幽玄"概念中更为明确地规定了"余情"的意味。于是,"幽玄"作为歌体的概念,则越来越显出特殊化了。

到了俊成之子定家,歌道中的样式概念越来越确定下来,"幽玄"的概念从这个时候也就专门用来表示诸种歌体当中的一种,"幽玄体"的概念更为明确地被具体化了。不过,古来被说成是定家著作的假托之书较多,要确定哪些才是定家本人的看法,就必须去看那些依据专家的研究而确定无疑的定家本人的著作。(而实际上,正如后文还将提到的,有些人出于主张自己的美学观点的需要,参照一些日本歌学著作中的"幽玄"概念,即便是假托的伪书也加以引用,不必说这是普遍存在的现象。)在此,我们最应参考的,还是他的《每月抄》。定家很早就成为当时歌道巨匠,他对古来的"忠岑十体""道济十体"都有继承参照,并由此而划分了和歌十体,包括:幽玄体、事可然体、丽体、有心体、长高体、见体、面白体、有一节体、浓体、鬼拉体。对于这些歌体,《每月抄》提出说:

> 只希望您能够有自己的构思,最近一两年内最好不要吟咏这类古风的和歌。

关于和歌的基本之"姿"，在我以前所举的十体之中，幽玄体、事可然体、丽体、有心体这四种风体最重要。四种风体在古风的和歌中也常常可以看到。这时，尽管是古风，却仍有可观者。当能自由自在、出口成诵的时候，那么其余的长高体、见体、面白体、有一节体、浓体，学起来就比较容易了。鬼拉体不能轻易学好，初学者经磨炼之后仍然不能吟咏，也在所难免。

又说：

和歌十体之中，没有比"有心体"更能代表和歌的本质了。"有心体"非常难以领会……所谓优秀和歌，是无论吟咏什么，心都要"深"……不过，有时确实咏不出"有心体"的歌，比如，在"朦气"强、思路凌乱的时候，无论如何搜肠刮肚，也都咏不出"有心体"的歌。越想拼命吟咏得高人一等，就越违拗本性，以致事与愿违。在这种情况下，最好先咏"景气"之歌，只要"姿""词"尚佳，听上去悦耳，即便"歌心"不深也无妨。尤其是在即席吟咏的情况下，更应如此。只要将这类歌咏上四五首或数十首,"朦气"自然消失,"性机"放松,即可表现出本色。又如,如果以"恋爱""述怀"为题,就只能吟咏"有心体",不用此体,绝咏不出好的歌来。

对"有心体"的提倡,在定家歌论中是值得注意的。到了定家,"幽玄体"作为样式概念从此固定了下来,但同时,作为一种艺术理想,"有心"的概念较之"幽玄"占据了更高的位置。关于这一点,可以在以下一段话中体现出来:

> 同时,这个"有心体"又与其余九体密切相关,因为"幽玄体"中需要"有心","长高体"中亦需要"有心",其余诸体,也是如此。任何歌体,假如"无心",就是拙劣的歌无疑。我在十体之中所以特别列出"有心体",是因为其余的歌体不以"有心"为其特点,不是广义上的"有心体",故而我专门提出"有心体"的和歌加以强调。实际上,"有心"存在于各种歌体中。

可见,在定家的《每月抄》中,"幽玄"作为一个特殊的样式概念,其意义被缩小化了,例如他还说:"假如在'幽玄'的词下面，接以'鬼拉'的词，则很不美。"从这句话中可见一斑。（在后文将要论述的世阿弥的能乐论著作中，关于"幽玄"概念的使用，似乎也受到了定家的影响。）

以上大体梳理了从俊成到定家"幽玄"概念的演变。最近一些国文学者，每每将"幽玄"与"有心"的关系问题提出来加以讨论，对此我当然也不能回避。对这个问题，作为门外汉，我的意见将放在后文中阐述。在此按照顺序，我们应该对定家以后被确立的作为样式概念的"幽玄"，即"幽玄体"的思想又有怎样的发展嬗变，继续加以探讨。

从镰仓时代到室町时代，定家的子孙或者门人的著作，如藤原为世的《和歌秘传抄》、正彻的《正彻物语》、心敬的《私语》等诸书，都应该加以参考。同时，一些托名定家而流传于世的伪书，也不妨拿来加以参考。为什么呢？因为那些伪书都是那个时代尊崇定家或想要依附于定家之权威的人写出来的。

在这类伪书中，首先就是《愚秘抄》。在这本书中，对歌体的划分更为细致，分出了十八体。在此不必一一列数。作者把十八体"根据并参照以前的十体，由心、词的品位加以确定"，例如在"幽玄体"下，更把"行云"和"廻雪"二体包括进来。定家以后,和歌样式概念更为分化,由此可见一斑。此时,作为"幽玄体"本身的意义与内容的说明也更为精细。对于我们来说,即使这些观点并不是定家本人的观点,对于"幽玄"概念的美学阐释也是有参考价值的。

如上所说,根据《愚秘抄》的说明,所谓"幽玄体"并不是单一的东西,其中有"行云"与"廻雪"两个种类,"幽玄体"是它们的总称,原来"行云""廻雪"是"艳女的形容词",那些"使人感到婉嬺而高雅、仿佛笼罩着薄云的月亮一般的和歌",叫作"行云";同时,"那种柔和、亮丽、脱俗,就像风卷白雪、回旋不已的和歌"叫作"廻雪",并说:"《文选·高唐赋》云:昔先王游高唐,怠而昼寝,梦见一妇人,曰:'妾巫山之女也,为高唐之客,且为朝云,暮为行云。'朝朝暮暮,阳台之下,旦朝观之,如言。故为立庙,号曰朝云。同书《洛神赋》云:河洛之神,名曰宓妃,仿佛兮若轻云之蔽月,飘摇兮若流风之廻雪,肩如削成,腰如约素云云。此为神女也,此为幽玄之一体,其余各体,可仿此而得解。"接下来又写道:"躬恒对住吉之松而作秋风歌,经信见白波浣洗松树之垂枝,而作白波歌,皆属此种风体。此类歌不是和歌之中道。然而此为明快之歌体,不知谁人有言:若作比方，就好比八十以上的老翁白发苍苍，戴着丝锦帽子，倚靠在紫檀树下；仿佛将虎皮铺在岩石上，遥望远方，弹奏和琴；又仿佛观看那时时袭来的疾风骤雨时的感觉。切记切记。"云云。这里以八十有余的老翁作比，想来还较为符合"幽玄"的概念；但"住吉之松"的和歌，从歌体样式的角度，我们觉得更接近"远白歌"。《群书类丛》本中的《西公谈抄》中举出的"远白歌"的例子是："海上徐徐吹，住吉的松树垂枝，在白波上摇曳。"所以，我们可以认为，这首和歌最早不是用来说明"幽玄体"，而是用以说明"长高体"（含"远白体"）的。如果真是如此，那么我们就可以看出，作为样式概念的"幽玄"的意义，是如何被限定的了。

接着，该书还以书道的概念来比拟歌道的样式，说书法之道有三体，即"皮、骨、肉"。从这三体的角度来看古来称作"三迹"的"道风""行成""佐理"，则所谓"道风"就是"写骨而不写皮肉"，"行成"就是"写肉而不写皮骨"，"佐理"就是"存皮，而忘骨肉"。这里的"三迹"各有得失。"道风"不借笔势而显强劲，不露柔婉亲切之态；"行成"只写出柔婉而缺少强劲；"佐理"得温柔而失强劲与亲切。"所谓强劲，即是骨；所谓柔婉，即是皮；所谓亲切，即是肉也。"一旦把皮、骨、肉三者对应于和歌十体,则"拉鬼体""有心体""事可然体""丽体"相当于"骨";"浓体""有一节体""面白体"相当于"肉";"长高体""见体""幽玄体"相当于"皮"。总之,我们从这里也可以看到作为特殊的样式概念而被扭曲的"幽玄"。

同样是托名定家的《愚见抄》一书,也论述到了和歌十体。作者说:除了在"幽玄"体的歌中,分为"行云""廻雪"二体外,"又有'心幽玄''词幽玄'两种。今体和歌属于'词幽玄'"。在这里,"幽玄体"就有了两重交错的分类法。我们可以从中看出,作为当时艺术种类的和歌样式,已经被划分得相当细致了;同时,又和作为艺术构成要素的"词"与"心"(形式与内容)的分析相结合,以致有了"词幽玄"这样的说法。如此,"幽玄"概念就从其原本的样式概念的领域脱离出来,完全成为用来表示单纯的外部形式之特征的一个概念了。

第四章

读《正彻物语》，品幽玄之姿

关于中世的"幽玄"概念，给我们较多启发的，是室町时代杰出的歌人正彻的歌学书，即《正彻物语》或称《彻书记物语》。我们有必要对出现在书中的"幽玄"概念做一番考察。

正彻举出了一首题名《暮山雪》的和歌："云彩罩雪山，黄昏山中行，恨无云梯过雪峰。"接着加了评注，并说了这样一段话："这就叫'行云廻雪体'，是被雪风吹拂之体，是被彩霞笼罩之体，也就是'艳'，就是'有趣'。"鉴于"行云廻雪体"就是"幽玄体"，所以这话虽然是从样式概念的角度说的，但我们也可以看出它同时也包含着美的价值概念的意味。另外，正彻还举出了一首以《春恋》为题的和歌："黄昏朦胧月朦胧，仿佛见到恋人之面容。"他评论道："在月光下薄云笼罩，晚霞飘腾，这种情景，心与词都难表达，这就是'幽玄'之所在。"接着他又引了一首和歌，是《源氏物语》

中的源氏的歌:"春日拂晓时,无人触衣袖,花香中飘出一面影。"认为这首歌"与上一首歌堪称一对"。在这里,正彻的"幽玄"更接近于"优艳"的意思,可能是受到了定家以降作为样式概念而固定下来的"幽玄"论的影响。他又说:

> "幽玄"体只有达到一定程度才能使人体会到。许多人听到"幽玄"的事,其实那只是"余情",而不是"幽玄"。或者有人将"物哀体"说成是"幽玄体"。"余情"体与"幽玄"体有很大差别。定家卿曾说过:"从前一个叫纪贯之的歌人,吟咏那种强力歌体,却不吟咏超凡绝伦的幽玄之歌体。"(据岩波书店《中世歌论集》,歌学文库《彻书记物语》文字稍有不同。)

他进一步指出:"幽玄"并非单纯的"余情"的意思,也不是单纯的"物哀体"。《正彻物语》的下卷对"幽玄"再次做了说明(详后)。从这些论述中可以看出,一方面,正彻的"幽玄"概念已经超出了样式概念的范畴,含有价值概念的意味,但另一方面又将"幽玄体"置于相当高的位置。在谈到纪贯之的时候,他又援引定家的说法,认为纪贯之是拒绝"幽玄"歌风的,从这一点看来,说他的"幽玄"概念含有价值论的意味,似乎是言重了。

在该书的下卷,正彻写道:"吟咏和歌,就是自然而然地遣词造句,自然而然地脱口而出,而不要说理,要'幽玄'、要亲切才好。最好的歌都是不说理的,说理是无论如何也要不得的。"和歌不说理,和歌在"理"之外,这对"幽玄"而言是尤其关键的。

但是在后面的段落中,他又举出了一首自作的和歌:"海风卷砂石,扑打岸边松,松树凄厉鸣叫声。"说在吟咏这首和歌的时候,头脑中浮现出了藤原家隆的那首歌:"月光照海滨,海岸松枝鸣,老鹤枯枝鸣一声。"认为:"这首歌从歌体上说,给人以岩石生苔藓,星霜逾千年的感受,仿佛是到了仙乡,这是强力之歌,而不是幽玄体的歌。"由此可以看出,正彻是把"长高体"或"强力体"与"幽玄体"严格加以区分的,似乎是受到了定家以来传统的样式概念的束缚。倘若是在俊成等人的眼里,对于这首和歌,很可能要冠之以"幽玄"一词加以赞美的吧。

正彻还说过这样的话:"作歌是常常有遗憾的。后来想一想,有的并不合自己的本意。倘若作出一首歌大家都说好,那么往往是自己感到遗憾的。倘若吟咏表现幽玄之意的歌,别人却不理解,这也很令人遗憾。"由此可见,表现出"幽玄之意"的歌,指的是艺术价值高却又难入俗耳的作品。

最后,关于正彻的"幽玄"概念,我们将从以下的引文中得到最好的理解。他举出题为《落花》的一首和歌:"樱花忽凋落,半夜惊梦中,恰如白云掠山峰。"接着评论道:

> 此乃"幽玄体"的歌。所谓"幽玄",就是虽有"心",却不直接付诸"词"。月亮被薄云所遮,山上的红叶被秋雾所笼罩,这样的风情就是"幽玄"之姿。若问:"幽玄"在何处?真是不好言说。不懂"幽玄"的人,认为夜晴空晴朗、月亮普照天下才有趣。所谓"幽玄",是说不清何处有趣、哪里美妙的。

源氏有歌云:"真真切切在梦中",写的是源氏初见继母藤壶妃子时的情景:

> 相会一夜难重逢
> 真真切切在梦中

浑然不了情

这首歌,就是"幽玄"之姿。

由此可见,正彻的"幽玄",就是如同《源氏物语》中的那种情趣,是"优美"或者"艳美"那样的美,带有神秘与梦幻色彩,不能用逻辑道理加以分析说明,呈现缥缈之趣。这样的认识,可以说触及中世的"幽玄"概念的核心了。

正彻在《正彻物语》的结尾处写道:何谓"幽玄体"呢?接着他举出了《愚秘抄》中引用的襄王与巫山神女的传说,认为:

"这种'朝云暮雨'体,即可谓'幽玄体'。"若要问"幽玄"在何处?在心中是也。岂能是心中清楚明白、并能付诸言辞的东西呢?只是表白,如何能够称为"幽玄体"?南殿樱花盛开、身穿丝裙的女子四五人对花咏叹,如何能够称为"幽玄"?若有人问"幽玄"在何处?这一问恐怕就已经不再"幽玄"了。

这段话与上文我们吟咏的段落,没有任何变化,在正彻那里，关于"幽玄"，他所强调的就是用言辞所不能说明的那种微妙之趣。举出南殿的花儿为例，毋宁说只是单纯的优艳或艳丽之美，对此特别冠以"幽玄"一词加以概括，是否恰当还有疑问；但是另一方面，正彻在上文引用的文章中，明确指出"幽玄"是"在心中"的东西，这一点值得我们充分注意。

从正彻到心敬，对于"心"则更加突出强调了。心敬在《私语》中这样写道："古人说过，一切歌句都有体现'幽玄'之姿，连歌修习时也要以此作为最高宗旨。不过，古人所谓的'幽玄体'，与如今很多人所理解的有很大不同。一个人修饰外表是为了众人观瞻，而'心'的修炼却是个人的行为。所以，古人所谓最高级的'幽玄体'，和如今的理解颇有分别。"可见，这里体现出的是将定家的"有心"与"幽玄"合二为一的倾向。

此时期歌学上的"幽玄"概念，也开始进入能乐论的领域，在世阿弥的"十六部集"中，《花传书》《申乐谈仪》《能作书》《觉书条条》《至花道》等著作都频繁地使用了"幽玄"概念，对此我们不遑一一加以考察。概括地说，世阿弥基本上是延续了定家以后歌道中作为样式概念的"幽玄"意味，主要强调"优美微妙"这一点。本来能乐与和歌不同，是直接诉诸视觉的艺术，作为和歌样式的概念，"幽玄"已经充分包含了"优美微妙"的意思了，在能乐中，特别把这一点加以发展也是当然的，但世阿弥在用法上，似乎常常将"幽玄"的意味限定在亲切、柔婉这样的美感形态上。例如，以下一段文字就集中地将他关于"幽玄"的这种理解表现出来：

> 仔细想来，正因为人们将"幽玄"与"强"，脱离具体对象，作为孤立的概念来理解，才产生了误解。"幽玄"与"强"是对象自身所具备的性质，例如，人之中，像女御、更衣、舞妓、美女、美男，草木之中像花草之类，凡此种种，其形态都是"幽玄"的。而像武士、蛮夷、鬼、神，及草木之中的松杉类，凡此种种，大概都属于"强"的。若能把以上各色人物都演得惟妙惟肖，那么模拟"幽玄"时，自然是"幽玄"；模拟"强"时，自然会是"强"。（《花传书》）

然而从另一方面看，世阿弥不仅在价值概念上思考"幽玄"，甚至是把"幽玄"作为能乐表现的最高原理来看待。例如在论述到能乐的"位"的问题时，他认为："有的演员天生就有'幽玄'之美，此为'位'；有的人没有'幽玄'之美，只具有'长'，但这并不是'幽玄之长'。这一点需要在心中好好体味。"以上只是举出了《花传书》的论述。在世阿弥的其他著作中，"幽玄"一词也随处可见，而且也做了相关的解释说明。因此，要充分理解他的意思，就有必要将他的所有著书中关于"幽玄"的论述都加以整理。但总体看来，应该不难想象，世阿弥的有关论述应该与歌学著作中的许多相关论述一样，常常将具体化的样式概念的"幽玄"，与原本的作为价值概念的抽象意义上的"幽玄"，两者混同起来。而且，世阿弥的能乐论也明显地受到了《愚秘抄》等书的影响，在《至花道》等书中，也将书道中关于"皮骨肉"三体（见上文）的论点应用于能乐中。有意思的是，在《愚秘抄》中，是将"皮"对应于"幽玄"的，而世阿弥却只取"平易亲切"之意，因而对此并没有做出非常高的评价。在世阿弥那里，由于看重"幽玄"的审美价值的意味，所以在援引"皮骨肉"三体论的时候，就显得有些局促。他说："在能乐艺术中，究竟皮、骨、肉指的是什么呢？首先，一个人天资聪慧，具备了成为名家高手的潜质，就叫作'骨'；歌与舞学得全面而精到，并形成自己的风格，叫作'肉'。"接着又说："将以上优势很好地发挥出来，塑造完美的舞台形象，叫作'皮'。"这种说法是值得注意的。接着还说："天生的潜质为'骨'，歌舞的熟练为'肉'，'幽'的舞台风姿为'皮'。""无论怎么看都让人感受到'幽玄'之美，这就是具备了'皮风'深厚功力的演员给人的感觉。"还说："如将'骨、肉、皮'与'见、闻、心'结合起来说，那么，'见'就是'皮'，'闻'就是'肉'，'心'就是'骨'。"由此可见，能乐论中的"幽玄"的概念，大体不外乎是歌学中的"幽玄"的运用而已。

不过，到了禅竹的《至道要抄》，其"幽玄"的概念较之世阿弥，带上了更深、更广的意味。他说："大凡'幽玄'之事，存在于佛法、王法、神道，而不在一己之私。这是一种强劲之态，至深、至远而又柔和，且不负于物，澈底无余。金性是'幽玄'，明镜是'幽玄'，剑势是'幽玄'，岩石是'幽玄'，鬼神也是'幽玄'。……故而，不知真正之性理，则不能言'幽玄'。"

通过对以上各种文献有关"幽玄"问题的大略考察，我认为似乎可以得出如下的结论。

首先，在古代作为一般的价值概念的"幽玄"，与多少有点模糊的作为样式概念的"幽玄"之间，一直以原初的形态在动摇着，到了俊成，则试图将这两方面的含义在更高层次上达成融合与统一。同时，"幽玄"作为歌道中的"样式"意味，也比"忠岑十体"等文献更提高了一个层次，甚至可以说，在俊成那里，"幽玄"已经发展到了和歌最高的理想样式这样一种层面。然而，与其说俊成是在理论上做出了这样的说明，不如说是俊成从本人的美的理想出发，其和歌创作自然地朝着这种理想的方向发展。而且，可以想象，鉴于俊成在当时作为歌坛第一人，此后以他为楷模而讨论和歌问题的人（例如鸭长明等），也自然而然地显示出了将"幽玄"置于最高理想境界的倾向。不过，不可否认的是，俊成本人在和歌判词中，使用"幽玄"这一概念作为评语者并不多见，而且在被他评为"幽玄"的和歌中，有时也有将其评为"负"方，所以，在他的和歌评论中，"幽玄"也带有一种单纯的样式概念的意味（这个问题容以后如有机会再详加讨论）。

其次，到了定家，又将俊成那里大体合一的"幽玄"概念再次明确地加以分离，对于俊成作为价值概念的"幽玄"，则以"有心"这样一个概念加以置换。与此同时，"幽玄"这一概念被逐渐地作为样式概念而限定起来，而且有时即便多少带有价值概念的意味，所代表的价值也并非代表艺术的最高层次，而与其他各种歌体并列，主要用来表示一组和歌中某首有着特殊性的作品。即便场合完全不同，这一点却正如魏夫林所指出的"洛可可"与"巴洛克"的样式概念脱离了艺术上的价值概念或艺术品质概念，而成为一种艺术样式的概念，几乎是同样的意味。关于定家的"有心"的概念，一方面作为单纯的样式概念与其他各体并列使用，另一方面，他又把"有心"作为最高的价值概念加以强调，这一点我们在前文已经讲过了。

想来，从俊成到定家，"幽玄"概念发生变化的根本原因，正如文学史家所指出的，是由这两人的人格与个性的差异造成的。俊成在性格上是情感型的，其思维方式是综合的；相反，定家则是知性的、分析型的。从另一个角度看，"幽玄"概念的这种反省，也可以说是对歌道概念的美学反思和自然发展。这其中具有怎样的意义，我将在下一节中论述"幽玄"与"有心"的关系时谈到。

就这样，"幽玄"在定家及托名定家而流传下来的歌学书中，几乎全都是作为一个样式概念而使用的，其内涵和外延也越来越被收窄。而到了真正理解俊成与定家之和歌传统的正彻、心敬那里，"幽玄"概念的地位再次被提高起来。虽然"幽玄"还是常常被作为传统的"幽玄体"的概念而使用，但它不再是单纯的"余情体"那样的样式意味,虽然其中含有"余情""摇荡性情"或者"情趣缥缈"的意思,但已经含有无法从概念上加以说明、无法从字词上加以把握的高层次的审美价值的微妙意味。因而,在歌道中,这个"幽玄"已经明确显示出一种倾向,即它代表着一种理想的、最高的审美境界。尽管正彻等人在那时使用的具体的譬喻、征引的例歌,及实际的解释说明等,多少会引起一些误解,但那都属于阐释上的技术层面的问题。今天,我们可以在正彻等人所说的"幽玄体正是应该在这个层次上加以理解"、"幽玄"是"存在于心"的,"幽玄"是"心之艳"等之类的表述中,察知其意图。到了世阿弥,"幽玄"的意味往往偏于优美的方面,但正如我们在上文中所引证的,对于能乐那种特殊的艺术形式而言,在"幽玄"的概念中,也仍然含有重要的美的价值的意味。

顺便说一下,在东洋画论方面,很少对"幽玄"这个概念加以特别强调。只是在画家雪村的《说门第资》中,有这样的文句:"唯观天地之形势、自然之幽玄而成画,是为此道之至妙也。"在雪村看来,"画道"是一种"仙术",所谓"自然的幽玄"似乎是在老庄思想的层面上使用的一个词组,此外我们没有从他的画论中直接看到他对"幽玄"本身的解释。然而,我们正可以在雪村的那些穿透大自然的画作中,体味到"幽玄"的美的意味(参照《岩波讲座日本文学》中的福井利吉郎氏《水墨画》)。

第五章

如何看待作为审美理想的"幽玄"

在追溯"幽玄"概念的美学意味的变迁时,一个重要的问题是"幽玄"与"有心"的关系。最近,关于这个问题,在国文学研究中,各家都有自己的观点。我不打算对此一一加以考察,只是谈谈自己的看法。

从美学的角度看,关于"幽玄"与"有心"的关系问题,一方面与上文谈到的价值概念与样式概念的关系问题有关,另一方面,又与所谓"心"的问题,即"歌心""词"与"姿"(艺术形式与艺术内容)的关系问题相关。所以我们有必要从这两方面的关联入手,去接近问题的核心。

关于这个问题的动因,通过以上的考察已经明确了。再从历史的角度看,在那部托名定家的《愚秘抄》中,我们可以看到这样一条记事:文治年间许多歌道行家被召集到仙洞皇宫,就和歌的"至极体"征求意见。那时,俊成卿主张所谓

"至极体"就是"有心体",他说道:"不过,有心体有多种形式,词语所表达之心端正而诚实,而且富有暗示,自然淳朴有趣,而又不落俗套,则可谓真正的有心体。"此后,在元久年间,歌人们又一次被召集到皇宫,继续这个问题的讨论的时候,寂莲、有家、雅经、家隆等人,皆认为"幽玄体"是"至极体"。通具朝臣则对"有心体""幽玄体""丽体"三者都不忍舍弃,显昭则取"丽体",摄政大臣则表示赞成俊成卿的看法。书中写道:"睿虑也表示同意这个意思。而我并不是一定要追随家父,只是表达我自己的看法,我表态说:我也坚定地认为'有心体'是'至极体'。"由此看来,当时歌坛第一流的歌人寂莲、有家、雅经、家隆等,都是将"幽玄体"看作是和歌最高样式的。与此相对,俊成、定家父子等则把"有心体"置于最高位置。然而,对我们来说,我们必须注意《愚秘抄》这本书是伪书。实际上,无论是在俊成的歌论,还是在其和歌判词中,几乎看不到"有心体"这个概念,正如上文所分析的那样,毋宁说,俊成在种种歌体中是选择"幽玄体"的。今天学界一般公认为,代表着"幽玄"并强调"幽玄"的俊成,与极力主张"有心"的定家是对立的。而要考察定家的意见,只以《愚秘抄》为资料依据,那是不可靠的,必须从《每月抄》等文献中寻找依据。在那里定家明确地说："没有比'有心体'更能代表和歌的本质了。"此话我们在上文中也引用过。

然而，在定家那里，作为价值观念的"有心"并不是单义的和明确的。正如他在《每月抄》中所说的那样，和歌有十体，但在十体之外，还有一种"秀逸体"，对此，他论述道："在和歌中可以称得上是秀逸体的，应当超脱万物，无所沾滞，不属于'十体'中的任何一体，而各种歌体又皆备于其中。看到这样的和歌，就仿佛与一个富有情趣、心地爽直、衣冠整齐的人相对时的感觉一样。"又说："咏歌时必须心地澄澈，凝神屏气，不是仓促构思，而应从容不迫，如此吟咏出来的歌，无论如何都是'秀逸'的。这种歌，歌境深远，用词巧妙，余韵无穷，词意高洁，音调流畅，声韵优美，富有情趣，形象鲜明，引人入胜。这种歌并非矫揉造作所能济事，需要认真学习修炼，功到自然成。"由此可见，所谓"秀逸体"的和歌，就是将"十体"，或者至少是将四体（幽玄体、事可然体、丽体、有心体）的长处悉数具备。定家认为其他诸体都要具备"有心"这一条，所以在我看来，其结果是，"有心"这一概念已经不再是样式的概念了，而实际上是作为"价值概念"而被使用了。定家的这个"有心"概念的意味，不外乎就是这个"秀逸体"或者是《愚秘抄》中所谓的"至极体"所包含的那种价值意味。

关键的问题是，我们应该怎样看待作为俊成的审美理想的"幽玄"，与作为定家的审美理想的"有心"这两个概念之间的关系呢？

当我们再次对俊成的"幽玄"概念加以确认的时候，就会明白无误地看出，俊成的"幽玄"——至少是他把"幽玄"用作价值概念的时候，"幽玄"就意味着将和歌之"心""词"加以统括的全部的美的内涵。在他的和歌判词中，有时将"心"的方面与"词"的方面分开来谈，仅仅将"幽玄"作为一种美的赞词，但这不过是当时的一种习惯性的表达而已。如今，当我们要把全部的审美内涵、把和歌创作中最本质的"心"与"词""调""姿"这些要素的意义加以通盘考虑的话，就会看到，从审美的立场上讲，和歌中这样的要求与所有艺术样式一样，各种因素是绝对不可分割地密切统一在一起的。而通常认为，将它们分别作为思想内容、感觉形式加以分析，再通过它们的结合，便形成了艺术的本质内涵。这种想法其实是心理学美学中的一种流弊。不过，在人类的艺术意识发展到某种阶段后,人们多少会在艺术反思与纯粹的审美态度之间游移动摇,这一点作为心理事实是不可否认的。在这样的艺术意识中,所注意的焦点,有时候也可能会从一首和歌的观照与鉴赏的契机中,有时候会在语言风格或格调中,有时候则从观念的契机及其他情景中表现出来。当然,这些事实与美的体验中的价值内涵的统一性并不矛盾。从这一见地出发,"幽玄"作为美的本质内涵,是从作为一种审美体验的和歌创作与接受的完整过程中产生出来的,"心"与"词""调""姿"等一切要素,毕竟不外是审美活动中的个别具体方面的客观化表现而已。因而,在这个意义上对审美生产的方法做出一定的规定,与所生产的美的本质内涵是绝对不可分离的。例如,即便是助词"て、に、お、は"中的一个词的用法不同,都会带来词序的细微的变化,都会对针尖般敏锐的审美体验的价值内容的性质产生影响。

俊成的"幽玄"概念无疑就是在这个层面上,对和歌整体的审美价值的内容做出了规定。他在民部卿举办的家庭歌合的最后说:"……和歌一定要像绘画那样,着笔配色要细腻。但细腻却不能只像官府的木匠精选木材那样。"又说:"大凡和歌……无论是作歌还是咏歌,都需要'艳'和'幽玄'。"从这些句子中，我们可以窥知俊成的有关想法。俊成还说："在'词'与'姿'之外，还需要有'景气'。"要理解这句话的意思，首先要搞清"景气"这个词。这里所谓的"景气"，在诗话中意味着"观照性"或"想象观照"。例如，顿阿在《三十番歌合》的判词中也使用了"景气"一词。但俊成在这里所说的"景气"的意思，从前后文的语境来看，我觉得单就这个词本身来理解是不够的。它不仅仅指的是想象的观照性，所指的更是如上所说的、作为美的生产方法之客观化的"词"与"姿"所具有的一种不可思议的力量，也就是贝克所谓的"惊异"，是一种微妙的美的创造性。因此，"幽玄"未必一定要伴随着"余情"，"余情"也未必就是"幽玄"。而且，显而易见，在"幽玄"的场合，即便在"词""姿"之外再增加"景气"，但单单是想象性的观照还不能称其为"幽玄"。大概在俊成看来，在这样一种心理学的条件之上，还要有直接的审美价值条件，要有艺术的特殊体验性因素，这样的情况才能用"幽玄"这个概念加以概括。

另一方面，在考察定家的"有心"的概念时，我认为，"有心"作为价值概念，其意味较之俊成的"幽玄"，或者寂莲、家隆等人作为"至极体"而提出的"幽玄体"，在美的生产的主体自觉方面，有着更敏锐的觉察。我甚至认为，定家是为了强调作为美的生产之主体的"心"的意义，才提出这个概念的；也就是说，定家由此而把俊成等人"幽玄"体验的美学的反思，向主观的方面推进了一步。只是在定家那里，既然已经明确提出了样式论，那么，作为价值概念的"幽玄"与"有心"便常常被样式概念所扰乱。所谓"有心体""幽玄体"之类的样式概念一旦被客观化，这些概念有时就会被推向非常狭隘的境地，或者失之于浅薄。与此同时，"有心"的"心"的意味，也从美的价值的创造主体的意味，而转化为完全非审美的、道德的意味，乃至理智的意味。这就给"幽玄"与"有心"都带来了价值意味上的混乱，成为一种意义颇为含混的词。

不过，我在这里，在纯粹价值概念的意义上考察这两个概念的关系，恐怕也会引起不少人的异议。我认为有必要将自己的观点阐述得更为彻底一些，因而，以下我将从"价值概念"与"样式概念"之关系的角度，对自己的观点做出进一步的阐发，以补充上文的不足。

第六章 认识幽玄的艺术价值

首先，我想暂且离开具体问题，对艺术史上的样式概念的相关问题，做一番批判检讨。这样可以有助于我们进一步明确作为一种样式论的日本歌学中的"风体"论的特异性。

从最近西洋美学界种种动向来看，人们对艺术样式问题有了特别的注意和关心，仅仅在概念研究方面，就有瓦尔拉哈、菲尔凯尔德、卡因兹等人的论文发表。可以说这些论文的中心论题，都集中在样式概念的价值乃至规范的意味，与非价值的、记述的意味这两者之间的区分，或者这两种意味的区别与关联上面。后者所指的，就是脱离价值判断而单纯用于记述的意味。在如今一般的美术史书上，我们所见到的大体都是指这种意义，众所周知的维尔夫林的样式概念也是在这个意义上使用的。与此相反，在价值判断意义上使用样式概念的典型的例子，就是歌德对样式概念做出的规定。与单纯地强调自然模仿与主观表现的马尼尔相比，歌德则强调更高的综合，认为那才是艺术表现的最高境界，而表示这种境界的概念就是"样式"。在歌德看来，艺术的最高理想是对自然的深奥真理加以直观表现，而且这种真理绝不是自然的客观形态的真实性，也不是单纯的主观印象的直接性，而是两者在更高层次上的综合，对此加以表现的，就是艺术的"样式"。比较晚近的菲尔凯尔德在其关于样式概念的论文中，认为样式概念无论在何种场合都含有积极的价值判断的意味。他认为，所谓样式，常常意味着实现艺术本质所要求的形式的规定性，或者是意味着满足了艺术及艺术发展的内在条件所具有的形式上的特性，因而在样式概念中，常常包含着某种程度的艺术价值判断的意味。这一看法，是与菲尔凯尔德把美学视为最大限度的规范性学问这一根本立场相联系的。

但是，仅仅这样讲，作为价值概念的样式的意味还是不太明确的。此外，我们再来看看卡因兹的观点。他也认为，在样式概念中，有两种情况，即有的与价值判断无关，有的则与价值判断有关。后者就是样式所具有的价值判断的意味。他认为这首先来自艺术上一定指向中的"本质法则性"的充足，他把这种情况称为"价值的合法化"。例如，当人们说"这个建筑是洛可可式的",是不带任何价值判断的纯粹记述性的概念,但是,当要表明这个建筑作为艺术品,真正满足了洛可可建筑艺术的要素,这就含有价值判断的意味了。同样地,我们说"这是抒情诗",这样说似乎并不包含什么价值判断的意味,但是,在表明这首诗真正具备了抒情诗之要素的时候,就带有价值判断的意味了。卡因兹在做了这样的论述之后还指出:"本来含有价值判断意味的样式,不仅要满足本质的条件,还要更进一步地从艺术形成、整体和谐、有机联系、独创性等方面看,方能成立。"总之,卡因兹所说的"Wertlegitimation"问题[①],可以做我们进一步思考的一个契机。

以我看来,对于样式概念的价值意味和规范意味,首先有必要区分两种不同的情形。第一种情形,它标志着艺术价值的品位与程度;第二种情形,是在其他的价值内容之上,再赋予艺术性的(或美的)特殊的价值内容。前者标志着在一定的价值方面发展及到达的位置,后者标志着对各自方面的价值本身加以规定的价值内容的构造。上述歌德的样式概念,明显属于第一种。卡因兹将样式概念置于价值判断中加以考察,大致

---

① Wertlegitimation:德文,意为"合法性"。

也属于第一种。而菲尔凯尔德的观点，或者卡因兹以"价值的合法化"一词加以表述时的观点，似乎属于第二种。不过，问题实际上并不在于这样的区别，而在于被这样区分出来的第二种情形中的价值判断意味，与脱离价值判断的纯粹记述性的样式概念之间的关系。想来，卡因兹所谓的"本质法则性的充足"，在形式上是广泛地适用于一般认识判断的场合的，因而，将它作为价值判断意味的时候，与作为纯粹记述性的场合，在形式上是无法区别的。为了使这种区别真正有意义，就必须将它解释为"美的价值的合法化"。然而这样一来，在关于艺术样式的判定中，使其价值"合法化"的根据，就不在于其样式概念的特殊内容（例如说是"洛可可"的或者"抒情诗"的），毋宁说在于一般艺术生成或艺术创造之品质的价值判断了。结果，这种特殊的样式概念本身无论在任何场合都是脱离价值的东西了，在这个样式判定中加入了价值的意味，就与来自别的方面的价值判断的结果相混合了。于是，问题再次逆转，正如瓦尔拉哈等人所做的区别那样，不过是把单纯的样式概念的记述意味，与价值判断意味相区分而已。总之，在卡因兹那里，关于价值意味的思考还有一些含混之处。这种含混，恐怕是在思考艺术价值的时候，由所谓"客观主义"的艺术观念的偏向所造成的。另一方面，菲尔凯尔德的样式概念，则要求积极的价值判断。我们要是按照以上所主张的将价值意味的两种情形严格加以区分，那么这种要求的必然性就不可理解了。为什么这样说呢？因为第二种情形的价值意味中，规定特殊的艺术方向的价值内容的"Was"①就成了问题，至少，在理论上，其程度的差别与积极、消极的对立，就没有必要作为一个问题来看待。

将这些样式概念加以概略考察的结果，我认为，从如今的现象学美学的立场上，对这一问题加以思考时，对样式概念的记述意味与价值判断意味的关系，做出以下的概括似乎较为妥当。即我们在上文中所区别的这两种价值意味，是适用于任何场合的严格区别；同时，作为美学意味的样式概念，其记述的意味与价值判断的意味已经不需要再加区分了。总之，根据这样的结论（遗憾的是这里对此结论没有更多的余裕详加阐述了），我的看法与瓦尔拉哈、卡因兹等人有所不同，认为一切美学的样式概念常常都带有几分价值判断的意味；同时我的看法也同菲尔凯尔德有所不同，认为样式的价值意味的两种场

---

① Was：德文，意为"何物""怎样""多少"。

合，是需要严格加以区分的。

我们在兜了一个弯子之后，现在再回到本体来，从价值概念与样式概念之关系的角度，对"幽玄"和"有心"两个概念再加考察。

我在上文中，只是一般地主张将"幽玄"概念的价值意味与样式意味加以区分，并对实际的文献，包括歌论与和歌判词做了概略的考察，又与西洋美学中的样式概念作了比较，认为"幽玄"的价值意味，在许多情况下，与歌德的样式概念一样，在表示艺术价值的最高层次的时候（尽管一旦超出这一限度，情形完全不同），两者是一致的；而作为单纯的样式概念的"幽玄"，正如以上所断定的那样，与现代美学中一般的样式概念相同，在记述意味中仍含有某些规范性的价值意味。然而，若仅仅如此，问题还比较简单。看看日本的样式论即歌道中的"风体"论或"歌体"论，就会发现其中有着西洋的样式论中几乎没有明确提出的一些特殊问题（当然也并不是说西洋艺术中完全没有涉及），就是上述的价值概念与样式概念，两者常常纠缠在一起，这是需要我们加以注意的。在我们业已加以区别的样式概念中的"价值意味"的第一种情形中，价值概念往往与单纯的样式概念，换言之就是记述意味的样式概念相混同。其结果就是每个相对的样式概念，相互之间又都涉及价值等级问题，这使得歌道中的样式问题更加复杂化。

想来，在西洋美学中，只有在上文已经区分出来的第二种情形中，价值的意味与记述的意味是难以分离的。可以说，在歌德式的第一种情形中的价值意味——实际上作为样式概念是比较稀见的情况——与作为记述意味的样式概念相混同，至少在科学思维发达的现代美学中，几乎是看不到了。不过，即便是在西洋美学中，像"古典的"这一概念也有两种意味，也有我们已经说过的所谓价值意味与记述意味相混淆的情况。自从浪漫派的史莱格尔等人把古代艺术与近代艺术划分为不同的价值范畴以后，在近代艺术史的科学性确立以后，至少在今天，这种意义上的混淆几乎没有了。在今天的西洋，倒是有一些艺术科学论者对科学性强调到了过火的程度，甚至试图把第二种情形下的价值规范的意味，也归并到纯粹的样式概念中去，正如我们在上文中所提到的卡因兹等人所做的那样。在考察日本歌学的时候，作为原本狭义的"艺术论的研究"，实际上如果并非主要是作为一种精细的"歌体论"而走向客观化的形式研究的话，其考察与分类就很难进行。像西洋学者所做的那样，依据一般美学或艺术哲学的思维方法（尽管在日本这一点尚未具体实现并发展起来），将"美"和"艺术"加以区分，或者将"美学"和"艺术学"加以分离，在日本完全没有存在的余地，而一种特别的、根本的综合方法则牢固地占据着统治地位。（这是一种将自然美与艺术美相统一的独到的方法，并且与东洋的或日本民族特殊的美意识相关联。）在我看来，由于这种根本倾向，在日本的歌道中，原本将价值意味的第一种情形与第二种情形合二为一的"幽玄"与"有心"的概念，有时则呈现出单纯表示记述意味（如定家的十体论）的倾向；另一方面，原本复杂的价值意味被掣肘、被牵引，以致在"风体"与"歌体"论的某些场合，被划分为不同种类的各种样式，相互之间再次被置于一种价值关系中。（在《俳谐问答青根峰·俳谐大系之四》这本书中，有人主张将"风"与"体"相区别，因已经超出歌学范围之外，在此不论。）

这样看来，对于围绕"幽玄""有心"的概念而形成的中世歌学样式论的思想构造，我认为有必要大体上做以下分解：

第一种，是指单纯的歌体，即较有客观性的、由"词"与"姿"等形式特征而便于识别和把握的和歌形式上的规定性。（上文所笼统论及的艺术中的样式概念，在这里我也称为"样式",就是表示它对于作为艺术的和歌而言具有规范意味,也就是说,它与上述的"第二种情形"的价值意味融合在了一起,因而若再进一步划分为"纯粹的记述意味"与"价值合法化"的意味,就有失妥当了。)

第二种,表示和歌的艺术性(或美的)价值之最高形态的样式概念。

第三种,这种表示价值等级的最高形态的意味,被运用于上述第一种样式概念中划分出的各种歌体范围。

第四种,超出一种歌体的范围,被运用于各种歌体之间的相互关系。

关于上述的第一种,不必再做特别的解释了。但第二、三、四种之间的关系,有必要加以注意。例如在第三种中被置于最高位置的价值,显然不能成为第二种意义上的价值。在所谓"事可然体""鬼拉体"等样式的范围内,有被认为是最高等级的"秀歌",但这不过是作为一种歌体的最高等级而已。还有,在第四种中,被置于一切歌体中之最高位的,不过是作为"样式"或作为"类别"的最高位而已。在其样式的范围内,只是考虑各种歌体的优劣,并非就是直接表示上述第三种意义上的价值判断。(例如俊成在赛歌会上称为"幽玄体"的作品，却最终评为"负"，可以有助于我们理解这种情形。不过在和歌样式不同的场合，问题便会稍微复杂一些。）在这种情况下，为方便起见，我权且把第二种称为"价值样式"问题，把第四种称为"样式价值"问题。前者意味着和歌中一般的最高价值等级，后者意味着在最高价值的和歌中所见出的样式范畴。

想来，俊成将"幽玄体"置于首位，定家则相反地将"有心体"置于首位，这种情况当然应该作为上述的"样式价值"问题加以考察。把问题限定在这个范围内，正如我曾说过的那样，将俊成的"幽玄"与定家的"有心"看得过于接近，是不妥当的。从俊成与定家的歌风的不同来看，最高的样式概念也出现了分化，对这一事实我们也不能轻视。（在《歌仙落书》这本书中，对俊成的风格做了这样的描述："以高远澄静为先，亦有优艳……犹如庭院中的老松，苍劲、凛然，犹如空谷琴声，缥缥缈缈。"对定家的歌风则描述为："风体存义理，意深而词妙，谨严而有趣……读之如同在自家庭院中研磨玉石，如同从乐室中飘出陵王舞曲。"）然而，从美学的立场上来看，比起这种"样式价值"问题，即标志着最高价值的和歌之所在的样式范畴问题，我们更关心的是体现最高价值的内容本身。

和歌一般的最高艺术或美的价值，也就是俊成的"幽玄体"之最高的"秀歌"，定家"有心体"之最高的"秀歌"，都有着作为美的价值的特殊内容。正如我曾指出的，俊成的"幽玄"与定家的"有心"之间并没有本质的不同，只是"有心"这个词在对"幽玄"的美的价值的创造主体性方面，有着更高的自觉。所谓主体性方面，定家在对"有心体"做说明的时候，曾有"'朦气'自然消失，'性机'得以端正""吟咏时必须心地澄澈、凝神屏气"之类的说法。对这些话加以揣摩，就会有所领悟。而且对于定家来说，所谓"秀逸体"或"至极体"，指的恐怕都不过是"有心体"的杰出者而已。关于"秀逸体"的说明，我们曾经引用过他的话，他使用了"歌境深远，用词巧妙，余韵无穷，词意高洁，音调流畅，声韵优美，富有情趣，形象鲜明，引人入胜"等词语，可见，这与俊成所谓的"幽玄体"的最高价值应该是没有差异的。要言之，我认为，作为样式的价值范畴，"幽玄"与"有心"无论做怎样的区分，在作为"价值样式"的最高端的意义上，两者就好比是构建中世歌学三角形的两个边，在最高顶点上交会在一起。

第七章

幽玄是日本民族的美学焦点

以上大体上从美学的角度，对日本中世歌学概念中的"幽玄"做了一番考察。不过，实际上我主要是从"价值概念"与"样式概念"的区别及其相互关系的角度作为主要立足点的。因而，到此为止，这种考察与其说是对"幽玄"的意义内容的考察，不如说是将形式问题作为重点所做的考察。由此，我对近来学界讨论较多的"幽玄"与"有心"问题，发表我的一点浅见。同时，另一方面，根据这一思路方法，对于"幽玄"这一概念如何能够成为美学立场上——国文学史与日本精神史的立场暂且不论——关心的焦点，我想再加以进一步明确。所以，以下我想在这个意义上，对"幽玄"的内容意义，换言之，作为审美范畴的"幽玄"究竟是一种怎样的审美形态，加以阐发和说明。

　　对于这个问题，我们在上文中曾提到的中世歌学者关于这个概念的直接的说明，当然要成为我们首要的参考。然而另一方面，我们也应该清楚地意识到，在这个问题上，我们不能期望他们的一些言论都有美学反思的价值。即便他们如何直接地、直观地体验到了"幽玄"之美，我们也不能期待他们在概念上做出精确的说明。或者在某一问题上，他们引用了一些"幽玄"的和歌，或者为判定"幽玄"之美而举出的一些譬喻与事例，固然更加显示了他们对"幽玄"美体验的直接性，但在那种场合，个别具体的和歌、个别具体的事例能否与"幽玄"的理念相契合，应该说还是颇成问题的。毋宁说有时候固然明确了某一部分的意义内容，而同时却对"幽玄"这个概念造成了误解和歪曲。然而无论如何，我们要考察"幽玄"这个概念，作为直接根据，除了依赖这些文献材料之外，别无他法。正如我们在上文中也说过的那样，将"幽玄"这个概念作为美学概念加以考察，我们多少会拥有一定的自由。倘若我们对上述的种种文献资料加以解释，把古人那些体验性的议论朝着作为美学范畴的"幽玄"的方向加以引申，将它置于美学的理论体系中，特别是审美范畴的理论体系中加以思考，那么，我们就有可能对这个概念做出新的诠释。

我们在上文中谈到，藤原俊成在中宫亮重家朝臣家赛歌会上的和歌"越过海滩涌来的白浪",住吉神社赛歌会上的"晚秋阵雨后,芦庵倍寂寥",三井寺新罗社赛歌会上的"早晨出海去,伴随鸟鸣声",御裳濯川赛歌会上的"津国难波之春"及"无心之身可哀"等和歌,都冠之以"幽玄"或"幽玄体"这样的判词。此外,在慈镇和尚举办的赛歌会上,俊成对"冬日枯枝上,山风萧瑟中,白雪依然聚枝头"这首和歌评为"心词幽玄之风体也";在"六百番"赛歌会上,对寂莲的"茫茫黄昏中,荒野无边草茂盛,一只鹌鹑篱边鸣"一首,俊成评判曰:"此首黄昏篱笆之歌,写的是伏见①的黄昏情景,听之有幽玄之感。然篱笆上的黄昏岂非小耶?"在俊成自己的和歌中,他的会心之作是"原野之黄昏,秋风吹我身,鹌鹑躲进草丛里",这首歌人所共知。这首歌与当时作为俊成的杰作而被广泛推崇的"山峰有白云,悄然起无声,宛若花朵之面容",如果是别人的作品的话,俊成肯定会毫不犹豫地以"幽玄"一词加以评价吧。当时的后鸟羽天皇很喜欢俊成的歌,称"颇合愚意,饶有风姿"(见《后鸟羽院御口传》)。而后鸟羽院的御制"风卷花海似白云,船头夜夜望野月"也堪称"幽

---

① 日本历史上的一个地名。——编注

玄"之歌。鸭长明《无名抄》关于"幽玄"概念的说明中，在《朦胧》与《无月光》两首之外，还举出了源俊赖的歌："秋日黄昏中，港湾海风劲，浪花之上无鸟飞。"关于鸭长明所说的"余情"，到了后来，今川了俊在其《辨要抄》中举了一首歌"莲花叶上挂水珠，晶亮如白玉，微风送凉意"加以说明，认为"好歌就是如此"，然后他说："过分说理，则少有余情。"又，《西公谈抄》举出了《十白酒》及上文已经提到的《海风吹来》一首，作为"寂静之歌"的例子，该书还举出了"黄昏悄然至，秋风随其后，门田稻叶瑟瑟抖"一首作为例子。

关于假托定家的伪书《愚秘抄》中的"幽玄"论问题，上文已有论述，该书有："心词幽玄之歌，令人爽心悦目，然若要理解之则难，是乃'歌之精'者也。"并举出"龙田山上树叶稀，山林深处听鹿鸣"。此外，《三五记》中作为"幽玄体"的例子，举出的和歌是《寂寞仍如旧》外二首恋歌；对"幽玄体"中的"行云体"，举出"炊烟何袅袅，无声无迹上云霄，人间情难了"外二首；对于"廻雪体"，则举出"随风漂泊中，随波逐流游荡去，千鸟声声鸣""恍惚行山间，情思迷心不见路，山路在何处""欲忘复难忘，仰看空中云飘飞，渐渐消散尽"共三首。在《三五记》中，所引用的和歌与汉诗的作品例证，在很多时候都牵强附会，甚至使人觉得对"幽玄"的概念做了很大的歪曲。

到了室町时代，《正彻物语》对于"幽玄"概念的思考，上文已经有所涉及，关于正彻是将怎样的和歌视为"幽玄"歌，我们可以在《黄昏乱云飞渡》《薄暮依稀见》《夜间花凋零》等和歌，以及《源氏物语》中的两首和歌等所举例子中，加以仔细体会和品味。心敬在《私语》中，在说明"心之艳"即为"幽玄"的时候，举出了《秋田割稻做草屋》《日日月月寂寞同》等和歌，还有"逝者被遗忘，乃世间常情，旅归堪与故人逢""秋雾何浓重，寂寞居山中，四周不见人踪影""彷徨又四顾，行行复行行，别离阿妹登旅程""从此别离去，欲忘又难忘，相会相爱在梦乡"……在这些众多的和歌之外，我们还可以参照从俊成、鸭长明到正彻等人的著作中用来比拟自然与人间各种现象的事例，对这些复杂繁多的材料加以分析综合，庶几可为我们对"幽玄"这个概念的含义加以分析提供契机。

在对"幽玄"概念进行分析的时候，虽然稍显烦琐，但我仍然觉得有必要从三个视点加以考察。

第一，就是要对"幽玄"这个概念的非审美的、一般的意义加以注意。这个概念原本来自老庄哲学与禅宗思想，在这里，我们未必需要站在老庄、禅宗思想的角度对"幽玄"的意味加以阐明，在一开始的时候我们也不能只限于审美的意味，还是要把它作为一个一般概念加以分析。

第二，当我们特别从美学的角度对"幽玄"加以观照的时候，其审美的意味，借用奥德·布莱希特的话来说，就是从"Wirkungsaecthetik"①的角度而言的，也就是说，"幽玄"就是诉诸我们的"心"（主要是感情）的心理学的效果而生发的一种审美意味。如上所说，我国中世的歌论及和歌判词中所出现的"幽玄"的意味，许多时候都是在这种意义上所表达的。

虽不太精确，但大体来说，上述的第一种视点下的"幽玄"的意味，是以知性为主的；第二种视点下的"幽玄"意味，则是以情感为主的；最后我们要说的第三种视点，就是所谓"Wertaesthetik"②的视点，这是在以上的两个视点基础上

---

① Wirkungsaecthetik：德文，意为"审美效果"。
② Wertaesthetik：德文，意为"审美价值"。

的综合视点,是整体的意味,我们可以依此从根本上考察"幽玄"之审美价值的成立。第一和第二个视点是从分析的角度理解"幽玄"之本质,而第三个视点则要求我们对"幽玄"的审美意味的深层构造进行现象学的省察,并在此基础上对美的价值体验的一般问题加以思辨性的考察。

以上三点,更简单的表述就是:第一点是"幽玄"概念的一般意味,第二点是心理美学的意味,第三点是审美价值的意味。

第八章 幽玄概念的美学分析

在上述的三种视点中，我想先把第一和第二种视点并行起来，对"幽玄"概念的意味加以考察。

第一，在对"幽玄"这一概念做一般解释过程中，要搞清对象是如何被掩藏、被遮蔽，使其不显露、不明确，某种程度地收敛于内部，而这些都是构成"幽玄"意味的最重要的因素，从"幽玄"的字义上加以推察，这一特点也是毋庸置疑的。正彻所谓的"月被薄雾所隐""山上红叶笼罩于雾中"，意味着我们对某种对象的直接知觉被稍微遮蔽了。

由此产生了第二个意味，就是微暗、朦胧、薄明的意味。假如不解此趣，就会以为"晴空万里最美"。由于"幽玄"是审美性的，在其情感效果上又具有特殊的意味，使我们对被隐含的、微暗的东西丝毫不会产生恐惧不安感，那是与"露骨""直接""尖锐"等意味相对立的优柔、委婉、和缓，这一点是值得我们注意的。同时，在这里还有"雾霞绕春花"那样朦胧的"景气"相环绕之趣。正如定家在宫川歌合的判词中所说的"于事心幽然"，就是对事物不太追根究底、不要求在道理上说得一清二白的那种舒缓、优雅。

第三，与此紧密相连的意味，就是在"幽玄"中，与微暗的意味相伴随的，是寂静的意味含在其中。在这种意味中有相应的审美感情，正如鸭长明所说的，面对着无声、无色的秋天的夕暮，会有一种不由自主潜然泪下之感；被俊成评为"幽玄"的和歌，如"芦苇茅屋中，晚秋听阵雨，倍感寂寥"那样的心情，面对在群鸟落脚的秋日沼泽，不知不觉会有一种"知物哀"之感。

由此更产生了第四种意味，那就是"幽玄"的深远感。当然这一点与前面的论述是相关联的，但在一般的"幽玄"概念中，这种深远感不单是时间与空间的距离感，而且是具有一种特殊的精神上的意味，即它往往意味着对象所含有的某些深刻、难解的思想（如"佛法幽玄"之类的说法）。这一点作为审美的意味，在歌论中被屡屡论及，如所谓"心深"，或者定家所谓的"有心"，这些也是正彻、心敬等人所特别强调的审美因素。

第五，我想指出的与以上各点联系更为紧密的一个意味，就是所谓"充实相"。"幽玄"本身的内容不单单是隐含的、微暗的、难解的东西，而且是在"幽玄"中有着集聚、凝结了无限大的、"Inhaltsschwer"①的充实相，可以说这种"充实相"是上文所说的"幽玄"的所有构成因素的最终合成与本质。正如禅竹所说："此处所谓'幽玄'，人所理解者各有不同。有人认为有所美饰、华词丽句、忧愁柔弱，即是'幽玄'，其实不然。"（《至道要抄》）正是在这个意义上，"幽玄"这个词与"幽微""幽暗""幽远"等相关词语岂不是有区别的吗？不管怎样我都坚持认为，假如把"幽玄"作为一个单纯的样式概念来看的话，"幽玄"的这个层面上的意味，往往就会被忽略，就会对这个概念造成很大的束缚甚至歪曲。

不过，我所说的"幽玄"的这个"充实相"，在与艺术"形式"相对而言的艺术"内容"的充实性这个意义上，日本传统的歌学已经充分注意到了。例如："词少而心深，将杂多加以集聚，更有可观之处。"（见《咏歌一体》）说的就是这

---

① Inhaltsschwer：德文，意为"有内容的""有意义的"。

个道理。当然，从美学的观点上看来，我在这里所说的"充实相"，就是与非常巨大、非常厚重、强有力、"长高"乃至崇高等意味密切相关的，定家以后的作为单纯的样式概念而言的所谓"长高体""远白体"或者"拉鬼体"等，只要与"幽玄"的其他意味不相矛盾，都可以统摄在"幽玄"这个审美范畴中来。上文中曾引述过，正彻在评价家隆的和歌——"月光照海滨，海岸松枝鸣，老鹤枯枝鸣一声"乃"粗豪强力之歌体"，"然不属幽玄体之歌"。他在这里所说的"幽玄"，从我们现在的立场来看，是过于拘谨了。看看在广田神社歌合上被俊成评为"幽玄"的《划桨出海》歌，在新罗神社歌合上的《在何方》歌，还有后鸟羽天皇的《风吹》歌等，与上述家隆的那首歌在审美范畴上实际上都是没有差异的。

"幽玄"还有第六种意味，与上述的种种意味相比而言，更具有一种神秘性或超自然性，这种意味在宗教、哲学的"幽玄"概念中存在，是理所当然的。然而这种神秘的、形而上学的意味又是在美的意识中被感受到的，而且形成了一种特殊的情感指向。不过我要指出的是，这是特殊的情感指向本身所具有的意味，而不是作为和歌题材的宗教思想与观念。在宫川歌合中，判者藤原定家对"宫川溪水流出，皇城紫气飘来"一首，评为"义隔凡俗，兴入幽玄"；又，在慈镇和尚自歌合等场合，也屡屡见到吟咏佛教之心的歌，而这类和歌中的"幽玄"并非审美意义上的。在审美的意义上，这种神秘感指的是与"自然感情"融合在一起的、"歌心"中的一种深深的"宇宙感情"。这种意义上的神秘的宇宙感，就是人类之魂与自然万象深深契合后产生的刹那间审美感兴的最纯粹的表现，并在和歌中自然流出来的东西。这种情形，我们在歌人西行面对落满鸟儿的沼泽而产生的"哀"感，对于俊成面对秋风中没有鹌鹑的深草，或者鸭长明仰望秋日的天空而欲流泪的那种感伤中，都会清楚地觉察到。在《愚秘抄》对"幽玄体"的说明中，曾以巫山神女的传说相附会，虽然情形与上述的有所不同，但在神秘性、超自然性上，则显得更为明确、更为夸张。

最后，我们要谈"幽玄"的第七个意味。它与上述的第一、第二种意味极为近似，但又与单纯的"隐"与"暗"的意味有所不同，而是具有一种非合理的、不可言说的性质。作为一般意义上的"幽玄"概念，都与幽远、充实等意味直接相联系，直指不可言说的深趣妙谛，而在审美的意义上，正如正彻在"幽玄"的解释中所说的，是那种具有"漂泊""缥缈"、不可言喻、不可思议的美的情趣。所谓"余情"也主要是这个意义的延伸和发展,指的是在和歌的心与词之外,在和歌的字里行间飘忽摇曳的那种气氛和情趣。从"Wirkungsaecthetik"的立场上看,在和歌这种特殊的艺术样式中,就"幽玄"之美而言,具有这种意味是最为重要的。正如我们曾说过的,在我国中世的歌论中,"幽玄"这个词,作为一种价值概念,在很多情况下,都是着重表达这种意味的。而且,它又是被限定在幽婉情趣这一层面上的,并且由此而生发为一种特殊的样式概念。在我看来,作为美的概念的"幽玄"中,人们所理解的大都不过是它的某一部分的意味,偏重于一点而难以顾及"幽玄"概念的完整内涵,这就不免会造成对"幽玄"概念的歪曲。

接下来,我想在以上所做的种种意味的分析的基础上,加以更为整体性的思考。从我在上文中已经区别出的第三种视点,即"价值美学"的立场来看,作为美的范畴的"幽玄"最核心的意味究竟何在?这是我们剩下的最后一个问题。对于这个最后的问题,只能在这里尽可能简单地论述我自己的思考和结论,因为要为这个结论找到充分的依据,无论如何都需要就审美价值的一般问题做最基础性的讨论并且加以展开。不过要使这种讨论不在某种意义上遭到误解，就需要花费更多的笔墨，这是现在的篇幅所不允许的。而以下我的议论有不周密之处，只有等待他日再找机会加以补充了。

在上文中，我们在谈到和歌中作为艺术价值的最高概念的时候，曾谈到"幽玄"与"有心"是基本一致的。一方面，我们假定"幽玄"中"深远"是与美的意味中的"心深""有心""心艳"等相照应的，顺着这样的思路来考察，在第三视点即价值美学的视点之下，应该见出的"幽玄"概念的最核心的意味，恐怕就是美学意义上的"深"了。这一点是不难理解的吧。第三视点中审美意味的"深"，与上文从第二视点下加以考察的审美意味的"深"，并不是一回事，这一点是需要加以注意的。从"效果美学"及心理美学的立场上说，这种意义上的"深"归根到底就是"心之深"或者"有心"。然而这种意义上的美之"深"，往往会与"心"自身，或"精神"自身的价值依据之"深"，即内在的"精神"的价值内容相联系，因而它很容易走向非直观的、非审美的、道德价值的方面。在我国的和歌中，所谓"心之诚""心之艳"或"有心"之类的概念的解释，往往是指向这些方面，这是显而易见的事实。众所周知，在里普斯的美学中，也强调"深"。这个"深"虽则并不指向狭隘的道德方面，但不可否认，它归根到底同样指向了精神的人格的价值。而今天我们将审美价值的意义上所说的"深"，真正从"价值美学"的立场上加以解释，就不能单纯地从作为审美主体的"心深"这一主观的方面来考察，而必须从主观与客观融为一体的"美"本身的"深度"上加以考察。例如，在对美的"脆弱性"与"崩落性"的性质加以考察的时候，就不能单单着眼于主观意识的流动性这一层面，而必须与美本身的存在方法的解释联系起来。然而，在这种意义上来考察"美"本身的"深"，其依据是什么呢？从美学上又如何解释呢？

正如很多人都指出的那样，我国中世歌学的"幽玄"思想的基本背景，是老庄、禅宗等东洋思想的哲学思想。在俊成那里，还有后来的心敬、世阿弥、禅竹等人那里，多少也有佛教思想的影子，但他们的美学思想并没有朝体系性的方向发展，作为背景的世界观和哲学观，并没有对他们艺术观的逻辑构造产生直接的作用。因此，在"幽玄"的问题上，也与其世界观的背景完全脱离，仅仅局限在歌学这一特殊的艺术论的范围内，并很快嬗变为具体的样式概念。其结果，反过来在对这个概念的内容做一般的说明的时候，则仅仅止于可以把握的审美意义上的"深",顶多是在如上所述的那种主观的概念论上加以解释。现在我们从价值美学的观点来看,在对"美"本身的"深"的意味加以解释的时候,我们无论如何也有必要将"幽玄"的世界观依据,置于美学价值论的体系中加以思考。这当然是一个很大的课题,绝非轻而易举的事情。不过我们可以根据这种方法,至少可以在"幽玄"美本身的"深"之意味的解释中,从主观的概念论的方向,朝客观的观念论的方向加以转变。我们可以想象,一种同一性的哲学,亦即凝聚性的美学立场,可以给我们的研究开拓何等新颖的途径!

对于审美价值体验的一般构造,我一直从"艺术感的价值依据"和"自然感的价值依据"这两方面加以考察。最近,像奥德·布莱希特的美学,仅仅将前者限定在"美的"世界这一严格的范围内,与此不同,我认为也有必要将艺术素材的自然美的意义,加以美学上的肯定并且赋予它基础依据,并以这种方法对此加以补足。然而,要在所谓"自然美"中,将它所包含的艺术美感(例如由艺术想象力所产生并赋予的东西)以及单纯的感性的快感等因素,统统都剔除出去,那么,自然美最后还剩下什么东西呢?这当然是一个很容易产生的疑问。而假如将剩下的完全作为"中性"之美来看待（例如像奥德·布莱希特那样），就要对东洋人的审美意识特性——让本来的"自然感情"向一种特殊的方向发展，并在此基础上产生出独自艺术的东洋人的审美意识——做出美学的说明，岂不是很困难的吗？或者说很难充分吗？从这样的见解出发，在自然感的审美价值的依据方面，我想对"精神"的一切自发的意识创造原理加以整理，并由此对"自然"的纯粹静观中的超逻辑的、形而上学的意味加以思考，并把它作为一种审美价值原理加以确认。在这个意义上，吉麦尔和麦卡维尔等人在对艺术表现内容中的终极审美意义做出解释的时候，似乎认为有一种柏拉图式的本原存在，或者认为有一种费萨尔所说的那种"本质核心"之类的象征性。而我则在自然静观的美意识中，来思考那种纯粹的、全面性的"存在"本身的"理念"，在美的对象中是如何被象征表现的，并由此而思考终极的价值依据。（关于这一问题，在此不便更多地展开论述了。）

在对审美价值体验的一般构造做出这样的思考的同时，我还打算以"艺术感的价值原理"与"自然感的价值原理"这两极的关系为基础，一方面来对艺术的"形式"与"内容"问题加以解释，另一方面将各种审美范畴加以系统的整理，这大概也是可能的吧？而后者与现在的论题有直接的关系，我认为，从上述的依据中直接演绎出来的基本的审美范畴，有狭义上的三个范畴，即"美""崇高"和"幽默"。而其他的范畴，即美的异态、类型等，大体上都是从这三个基本范畴中，基于各种不同的具体经验，以单纯或复杂的形式派生出来的。这是我的尝试性的看法，还需要对此加以更详细周密的论证，但在此只好割爱了。

而对我来说，这里谈论的"幽玄"问题，实际上也是从上述的范畴中派生出来的一个审美范畴。从拎出这个概念，到对这个概念加以考察，都是将它作为派生概念来看待的。最后，要对"幽玄"这个审美范畴做出一定程度的结论性考察的话，我想，首先，相对于"艺术观的价值依据"而言，"自然感的价值依据"方面更占优势的时候，两方面的融合渗透而产生的审美价值体验的本质内涵，便产生了某种变貌，在这种场合，我们便把它归为"崇高"（或称"壮美"）这一基本的审美范畴。（对于"崇高"的概念，一般在理解的时候存在种种误会，特别是混入了一种道义的因素，是需要指出来的，但在此不再赘言。）

从这样的立场出发，我最终把"幽玄"之美，看作是从"崇高"范畴中派生出来的一种特殊的审美形态，就顺理成章了。我上文中说过，作为审美价值的"幽玄"的中心意义，归根到底是在于"美"本身的一种特殊性质，也就是"深"。要问这种特殊的"深"是从何处而来的呢？我认为，在美的基本范畴"崇高"中，本来多少就具有一种"幽暗"性（Dunkelheit），因而弗里德里希·泰德·费舍尔也非常重视"崇高"范畴中所具有的这种性质，因而"深"与这种"幽暗"在根本上是相通的。而且如上所说，"崇高"这一基本范畴若能从审美价值体验之构造上加以解释的话，它所含有的"幽暗性"，在我看来，主要是自然感的审美依据中的"存在"本身的理念的象征，投射到整个审美体验中的一种"阴翳"。所谓"'存在'本身的理念的象征"这一表述当然是需要加以详细说明的。简要地说，精神的创造性高度昂扬，使自然的赐予全部归于"我"，沉潜下去的纯粹的静观达到"止观"境地的时候，大自然与精神，或者说对象与自我，就合二为一，"存在"本身的全部在刹那间直接呈现；同时，"个"的存在向着"全"的存在、"小宇宙"向着"大宇宙"延伸扩展，这就是审美体验的特殊性质。在奥德·布莱希特的审美意识原理的解释中，艺术感的审美价值依据，被作为一种"美的明证体验"乃至"感情的明证"加以说明，而我在这里却是将两种对峙的方面加以整理。从这个侧面看，所谓"艺术美"的理解有一种特有的"明了性"，而在对"自然美"之"深"加以体味的时候，也要看到其"幽暗"性。（在谈到"自然美"的时候，所谓"自然"的意思不仅仅是人类之外的自然，也包含着人类自身在内。）想来，"幽玄"美中的特殊的"深"主要是建立在这两者之间的关系基础上的。以上我对"幽玄"概念的审美意味所做的诸种分析，都是从这一中心思想中生发出来的。顿阿在《三十番歌合》的判词中，对"放眼远看，群鸥掠海面，波涛残月间"这首和歌的评判是："景气浮眼，风情铭肝。"当时这种评价是否恰当又另当别论，这种心的效果，特别是"风情铭肝"的趣味，是与"幽玄"的歌完全相通的。这正像我们上文所说的，是我们的心在审美体验的刹那间与整个的"存在"相接合，而产生出来的一种感触。

总而言之，以上，我以我的方法做了大略的考察，认为"幽玄"作为美学上的一个基本范畴，是从"崇高"中派生出来的一个特殊的审美范畴。诚然，从逻辑上、从一般的美学的意义上，这类范畴未必只限于日本的歌道乃至日本或东洋的艺术中，然而实际上，这一特殊的美学范畴是在东洋的审美意识中得以显著发展的,而美学意义上的"幽玄"作为更为特殊化的形态,是在我国中世的歌道中被敏锐地体验和省察的,这一事实,是任何人都必须承认的。

附录

古代名家论幽玄

鸭长明

鸭长明（1155—约1216），镰仓时代著名歌人、散文作家、琵琶名手。五十岁时出家为僧。

在散文方面，《方丈记》是公认的日本文学史上的散文名著；在和歌方面，三十三岁时作品被选入《千载集》，1203年被聘为宫廷"和歌所"的"寄人"，晚年曾到镰仓给幕府第三代将军源实朝讲授和歌，并著有歌集《发心集》等；在和歌理论方面，代表著作有《无名抄》（又称《无名秘抄》，1216），由多篇长短不齐、格式不一的随笔文章组成，表达了不少新鲜见解，其显著特点是以"幽玄"为中心，论述近代歌体及其历史变迁。

无名抄
关于近代歌体

或问：当今之世，人们对于和歌的看法分为两派。喜欢《古今集》时代①和歌的人，认为现在的和歌写得不好，动辄以"达摩宗"相讥讽。另一方面，喜欢当代和歌的人，则讨厌《古今集》时代的和歌，谓之"近俗，无甚可观"。这有点像宗教上的宗派分歧，不免有失公正，也可能会误导后学之辈。怎样看待这个问题呢？

答曰：这是当今和歌界很大的争论，我不敢轻易妄断是非。然而，人之习性，在于探索日月运行，在于推测鬼神之心，虽无确切把握，但须用心探求。而且，思想不同，看法各异。大体看来，两派看法势如水火，难以相容。

和歌的样态，代代有所不同。从前文字音节未定，只是

---

① 原文"中比の体"，从下段"中比古今之时"一词可以看出，指的是《古今集》时代。

随口吟咏，从《古事记》的"出云八重垣"开始，才有五句三十一个字音。到了《万叶集》时代，也只是表现自己的真情实感，对于文字修饰，似不甚措意。及至中古《古今集》时代，"花"与"实"方才兼备，其样态也多姿多彩。到了《后撰集》时代，和歌的词彩已经写尽了，随后，吟咏和歌不再注重遣词造句，而只以"心"为先。《拾遗集》以来，和歌不落言筌，而以淳朴为上。而到了《后拾遗集》时期，则嫌侬软，古风不再。不怪乎有先达说："那时的人不明就里，名之曰'后拾遗'，实乃憾事。"《金叶集》则一味突出趣味，许多和歌失于轻飘。《词花集》和《千载集》大体继承了《后拾遗》之遗风。和歌古今流变，大体如此。

《拾遗集》之后，和歌一以贯之，经久未变，风情丧失殆尽，陈词滥调，斯道衰微。古人以花簇为云朵，以月亮为冰轮，以红叶为锦绣，如此饶有情趣，而今却失去了此心，只在云中求各种各样的云，在冰中寻找异色，在锦绣中寻求细微差异，如此失掉安闲心境，则难有风情可言。偶有所得，也难及古人，不免模仿痕迹，难以浑然一体。至于用词，因为词语用尽，鲜明生动之词匮乏，不值一觑。不能独运匠心，读完"五七五"，下面的"七七"之句即便不读，亦可推而知之。

今世歌人，深知和歌为世代所吟诵，历久则益珍贵，便回归古风，学"幽玄"之体。而学中古之流派①的人，则大惊小怪，予以嘲讽。然而，只要心志相同，"上手"②与"秀歌"③两不相违。清辅、赖政、俊惠、登莲等人的歌，今人亦难舍弃，而今人和歌中，优秀之作也无人贬低。至于劣作，则一无可取。以《古今集》时代的和歌与当今和歌相比，就好比浓妆者与素妆者相杂（各有其美），对当今的和歌，或全然不解，或厌恶嫌弃，那就太偏颇了。

或问：认为今世和歌之体是一种新体，是否合适？

答曰：这样责难是不合适的。即使是新体，也未必不好。在唐土，有限的文体也随时世推移而有变化。我国是个小国，人心尚欠睿智，所以万事都欲与古代趋同。和歌抒怀言志，悦

---

① 原文亦写作"中古の流れ"，据日本学者研究，可能是指以清辅、季经、显昭等为中心的六条藤家一派。以下译文中的"中古"，均为"中古"的直译，含义大体相同。
② 上手：高手。
③ 秀歌：歌论概念之一，秀逸之歌。

人耳目，供时人赏玩而已，何况和歌本身亦非出自今人之工巧。《万叶集》时代已经古远，就连《古今集》中的和歌也有人读不懂了，所以才提出如此的责难。《古今集》中有各式各样的体式，中古的歌体就出自《古今集》。同时，"幽玄"之样式也见于《古今集》。即使今日歌体已经用尽，今后要有新创，但就连"俳谐歌"①也算在内，恐怕也难以凌驾于《古今集》之上。我一向闭目塞听，厌恶诋毁之词，只是专对中古的和歌情况而论罢了。

或问：这两种歌体②，哪种更好吟咏？哪种容易咏出秀歌？

答曰：中古之体容易学，但难出秀歌，因中古之体用词古旧，专以"风情"为宗旨；今世之体难学，但如能心领神会，当易歌咏。其歌体饶有新意，乃"姿"与"心"相得益彰之故。

或问：我们听到，歌人皆好恶分明，优劣判然，习者都自

---

① 《古今集》中第十九卷"杂体"中，有"俳谐歌"一类。
② 似指以上所说的"今世和歌之体"和"中古之体"。

以为是，互不相让。我们该如何判断孰优孰劣呢？

答曰：为何非要分出优劣不可呢？不论何人，只要懂得如何用心作歌就好。不过，正如寂莲入道所言："此种争论，宜适可而止。为什么这样说呢？以模仿手迹而论，拙劣的字容易模仿，而模仿比自己写得好的字则很困难。大言'我等想吟咏什么样的歌，都可张口即来'的季经卿、显昭法师等人，伏案数日，却一无所得。而那些人想吟咏的和歌，我只消挥毫泼墨，顷刻即成。"

别人暂且不说，以我自身经验而论，以前参加人数众多的歌会，听了他们的歌，具有独运匠心之风情者极少，不少作品差强人意，但立意新鲜者却难得一遇。然而，参加皇宫的歌会，每个人吟咏的和歌却都能出人意表，入斯道[①]正相契合，圆通无碍，岂不可畏！因而，对和歌之道心领神会者，即是登堂入室，即是进入了名家的境界，即是攀越了高峰绝顶，此外岂有他哉！而风情不足者，尚未登堂入室，徒然贻笑大方。正如化妆，谁都知道什么是化妆，连出身低贱的下女，也会随

---

① 此处的"道"似指"歌道"而言。

心所欲涂抹一气。作歌不能独出心裁，只能一味拾人牙慧，止于效颦。诸如"晶莹露珠""风吹夜深""心之奥""哀之底""月正明""风中夕暮""春之故乡"之类，开始使用时有新鲜之感，但后来不免陈词滥调，了无新意。吟咏和歌时若自己心里尚且懵懂，其结果必然是所咏和歌令人莫名其妙。此种和歌不能进入"幽玄"之境，确实可以称之为"达摩宗"。

或问：对事物之情趣略有所知，但对"幽玄"究竟为何物，尚未了然，敢问其详。

答曰：和歌之"姿"领悟很难。古人所著《口传》《髓脑》等，对诸多难事解释颇为详尽，至于何谓和歌之"姿"，则语焉不详。何况所谓"幽玄之体"，听上去就不免令人困惑。我自己也没有透彻理解，只是说出来以供参考。

进入境界者所谓的"趣"，归根到底就是言辞之外的"余情"、不显现于外的气象。假如"心"与"词"都极"艳"，"幽玄"自然具备。例如，秋季傍晚的天空景色，无声无息，不知何故你若有所思，不由潸然泪下。此乃不由自主的感伤，是面对秋花、红叶而产生的一种自然感情。再如，一个优雅的女子心有怨怼，而又深藏胸中，强忍不语，看上去神情恍惚，与其看见她心怀怨恨，泪湿衣袖，不如说更感受到了她的可怜可悲；一个幼童，即便他不能用言语具体表达，但大人可以通过外在观察了解他的所欲所想。以上两个譬喻，对于不懂风情、思虑浅薄的人而言，恐怕很难理解。幼童的咿呀学语即便一句也没听清，却愈加觉其可爱，闻之仿佛领会其意，此等事情说起来很简单，但只可意会，难以言传。又，在浓雾中眺望秋山，看上去若隐若现，却令人浮想联翩，甚至可以想象满山红叶层林尽染的优美景观。心志全在词中，如把月亮形容为"皎洁"，把花赞美为"美丽"，何难之有？所谓和歌，就是要在用词上胜过寻常词语。一词多义，抒发难以言状的情怀，状写未曾目睹的世事，借卑微衬托优雅，探究幽微神妙之理，方可在"心"不及、"词"不足时抒情达意，在区区三十一字中，感天地泣鬼神，此乃和歌之术。

藤原定家

藤原定家（1162—1241），镰仓时代前期著名歌人、和歌理论家、学者、政治家。幼名光季，后改名季光。1233年（天福元年）出家，法名明净。

定家幼学和歌，少年出名，在和歌创作与理论上深受其父藤原俊成影响，一生创作和歌三千六百多首，收于他的歌集《拾遗愚草》《拾遗愚草员外》等，他于1205年主持编纂完成了《新古今和歌集》，在《万叶集》《古今集》之后划一新的时代。定家传世的歌论文章有《近代秀歌》（1209）、《咏歌大观》（1213—1218）和《每月抄》（1219）等，提出了一系列歌学概念与主张，最早系统提出并论述了"幽玄体"。

每月抄[1]

您每月所咏的百首和歌，已仔细拜读，这些和歌都很出色。几年来，老愚奉命为您指导和歌，碍难推辞，只好从先父[2]之庭训中撷取一二，聊以报命，难免为后世讪笑。您继承父祖衣钵，热衷于习歌，令我非常欣慰。

关于和歌，正如我曾说过的，从《万叶集》到近来的各种敕撰集，都应认真披阅，以便了解历代和歌的流变。当然，并不是因为它们是敕撰和歌才去学习，而是从中窥见随时光推移和歌的兴衰演变。《万叶集》年代久远，人心古朴，今人难以效法，尤其是初学者更不可模仿古体。不过，学歌经年，风骨初定的风雅之士，却不懂《万叶集》，是绝对不行的。经过多年积累之后再去学习《万叶集》，也应有所注意。可以说，一切不应吟诵的"姿"与"词"，都失之于粗俗，有欠优美。自此不遑细说，读

---

[1]《每月抄》，一名《和歌庭训》《定家卿消息》。《每月抄》是后人根据开篇头两个汉字所起的名称。《每月抄》作为书信究竟是写给何人的，学界迄今尚无定论。
[2] 先父：《古来风体抄》的作者藤原俊成。

完后文，您就会有所领会。现在您咏的百首和歌多带有万叶古风，我这样说，或许会影响您作歌的意欲，只希望您能够有自己的构思，最近一两年内最好不要吟咏这类古风的和歌。

关于和歌的基本之"姿"，在我以前所举的十体①之中，幽玄体②、事可然体③、丽体④、有心体⑤，这四种风体最重要。四种风体在古风的和歌中也常常可以看到。尽管是古风，却仍有可观者。当能自由自在、出口成诵的吟咏之时，那么其余的长高体⑥、见体⑦、面白体⑧、有一节体⑨、浓体⑩，学起来就比

---

① 十体：较早是由壬生忠岑在《和歌十体》中提出来的，据说藤原定家也著有《定家十体》，不传。
② 幽玄体："幽玄"，日本传统美学与文论中的关键概念，是日本贵族文人阶层所崇尚的优美、幽雅、含蓄、委婉、间接、朦胧、幽深、幽暗、神秘、冷寂、空灵、深远、"余情面影"等审美趣味的高度概括。"幽玄体"指具有上述特点的歌体。
③ 事可然体：指内容与意义符合情理的歌体。
④ 丽体：形式整饬、注重艳丽之美的歌体。
⑤ 有心体：具有"心"即精神内涵的歌体。"心"是日本文论中的一个重要概念，一般与"词"相对。指精神内容、心理内涵。
⑥ 长高体：风格雄大、崇高的歌体。
⑦ 见体：注重视觉表现的歌体。
⑧ 面白体：立意新鲜、情趣盎然的歌体。
⑨ 有一节体：在立意的某一点上引人注目的歌体。
⑩ 浓体：注重修辞技巧、趣味浓郁的歌体。

较容易了。鬼拉体①不能轻易学好，经磨炼之后仍然不能吟咏，初学者在所难免。

要知道和歌是日本独特的东西，在先哲的许多著作中都提到和歌应该吟咏得优美而"物哀"②，不管什么样可怕的东西，一旦咏进和歌，听起来便会优美动人。至于本身就优美的"花""月"等事物，假如吟咏得缺乏美感，那就毫无价值了。

和歌十体之中，没有比"有心体"更能代表和歌的本质了。"有心体"非常难以领会。仅仅下点功夫随便吟咏几首是不行的，只有十分用心，完全入境，才可能咏出这样的和歌来。因此，所谓优秀的和歌，是无论吟咏什么，心都要"深"。但如为了咏出这样的歌而过分雕琢，那就是"矫揉造作"，矫揉造作的歌比那些歌"姿"不成型、又"无心"的和歌，看上去更不美。兹事体大，应该用心斟酌。

---

① 鬼拉体：又称"拉鬼体"，原文写作"鬼拉体"，有时写作"拉鬼"，意为将鬼压倒、打败，转指有力度与紧张感的歌体。

② 物哀：定家写作"物あはれ"，又可写作"もののあはれ"或"物の哀"。日本传统美学与文论中的关键概念之一。后人有种种不同的解释。"物"为客观事物，"哀"是主观感受与感叹，有"感物兴叹""感物而哀"之意。

爱好和歌之道的人，切不可对和歌稍有厌倦之意，马马虎虎，以致半途而废。由于咏出的歌缺乏自己的风体，而遭人批评，就很容易对作歌产生厌倦之心。这也是歌道衰微的原因所在。听说甚至有人由于受到旁人的嘲笑终致悒郁而死，也有的人因自己的秀歌被旁人剽窃，死后出现在别人梦中，哭喊着"还我歌来！"并导致敕撰和歌集①将这首和歌剔除。这类例子不一而足，实在令人可悲。一定要充分注意，作歌一定要用心。在歌会上，无论是事先出好题目，还是当场出题，即席咏歌，都应该用心吟咏。若粗心大意，必遭别人批评。应当将"有心体"永远放在心上，才能咏出好的和歌来。

不过，有时确实咏不出"有心体"的歌，比如，在"朦气"②强、思路凌乱的时候，无论如何搜肠刮肚，也咏不出"有心体"的歌。越想拼命吟咏得高人一筹，就越违拗本性，以致事与愿违。在这种情况下，最好先咏"景气"③之歌，只要"姿""词"尚佳，听上去悦耳，即便"歌心"不深也无妨。尤其是在即席吟咏的情况下，更应如此。只要将这类歌咏上

---

① 敕撰和歌集：按照天皇之命编纂的和歌集，历代均有。
② 朦气：似指心绪不安定的莽撞之气。
③ 景气：日本歌学的重要概念之一，指自然景色之"气"、之美。

四五首或数十首,"朦气"自然消失,性机①得以端正,即可表现出本色。又如,如果以"恋爱""述怀"为题,就只能吟咏"有心体",不用此体,绝咏不出好的歌来。

同时,这个"有心体"又与其余九体密切相关,因为"幽玄体"中需要"有心","长高体"中亦需要"有心",其余诸体,也是如此。任何歌体,假如"无心",就是拙劣的歌无疑。我在十体之中所以特别列出"有心体",是因为其余的歌体不以"有心"为其特点,不是广义上的"有心体",故而我专门提出"有心体"的和歌加以强调。实际上,"有心"存在于各种歌体中。

又,和歌的重要一点,就是词的取舍。词有强、弱、大、小之分,应当充分认识词的性质。强的词下面应接强的词,弱的词下面应接弱的词,经过反复推敲,使词的强、弱、大、小听上去和谐有序,这是非常重要的。说起来,词本身没有好坏之分,但在词与词的组合搭配上却有优劣之分。假如在"幽玄"的词下面,接以"鬼拉"的词,则很不美。亡父俊成卿说过:"应以'心'为本,来做词的取舍。"有人用"花"与

---

① 性机:有"心情""心境"的意思。

"实"来比喻和歌，说古代和歌存"实"而忘"花"，而近代和歌只重视"花"，而眼中无"实"。的确如此，《古今和歌集》的序文中也有这样的看法。关于这个问题，据我一愚之得，所谓"实"就是"心"，所谓"花"就是"词"。古歌中使用强的词，未必可以称作"实"。即使是古人所吟咏的和歌，如果无"心"，那就是无"实"；而今人吟咏的和歌，如果用词雅正，那就可以称作有"实"之歌。不过，如果说要以"心"为先，也就等于说可以将"词"看成是次要的；同样，如果说要专注于"词"，那也就等于说无"心"也可，这都有失偏颇。"心"与"词"兼顾，才是优秀的和歌。应该将"心"与"词"看成鸟之双翼，假如不能将"心""词"两者兼顾，那么与其缺少"心"，毋宁稍逊于"词"。

话虽如此说，但实际上，应如何判定真正优秀的和歌呢？和歌的"中道"[①]要靠自己来领悟，而且只能由自己领会，而不能只听别人评说。各派宗家流传下来的"秀逸体"[②]和歌的标准

---

① 中道：指佛教的"假、中、空"三道，参见藤原俊成在《古来风体抄》中的论述。
② 秀逸体：在"十体"之外的另一个重要概念，联系全文的意思，应是指最理想的一种歌体。

各有不同。据说俊惠①曾说过，"作歌只需赤子之心"，他自己所咏的歌，就是以这种歌体为秀逸之作。至于俊赖，则是推崇"长高体"的。此外，还有各式各样的不同说法，都是我之浅虑所不及的。无论何事，都要先了解，再重视，再用功，尤其是作歌之道，更是如此。

若将古今和歌加以对比，就会感到比起古代来，现在的和歌要拙劣得多，很少发现会心之作。这使我进一步体会到先贤所谓"仰之弥高"这句话的意思。首先，在和歌中可以称得上是秀逸体的，应当超脱万物，无所沾滞，不属于"十体"中的任何一体，而各种歌体又皆备于其中。看到这样的和歌，就仿佛与一个富有情趣、心地爽直、衣冠整齐的人相处时的感觉一样。通常，一般人都认为所谓"秀逸体"就是指那种朴素的、不雕琢的、平淡无奇的歌体。我认为这种看法是不恰当的。如果这类歌可以称为"秀逸"，那么每次吟咏歌都可以咏出秀逸的歌了。咏歌时必须心地澄澈，凝神屏气，不是仓促构思，而应从容不迫，如此吟咏出来的歌，无论如何都是"秀逸"的。

---

① 俊惠：源俊惠，平安朝末期歌人，源俊赖之子，也是著名作家、歌人鸭长明的老师。

《冬日浅草寺》
土屋光逸（1870—1949）

《初秋阿什湖》

土屋光逸（1870—1949）

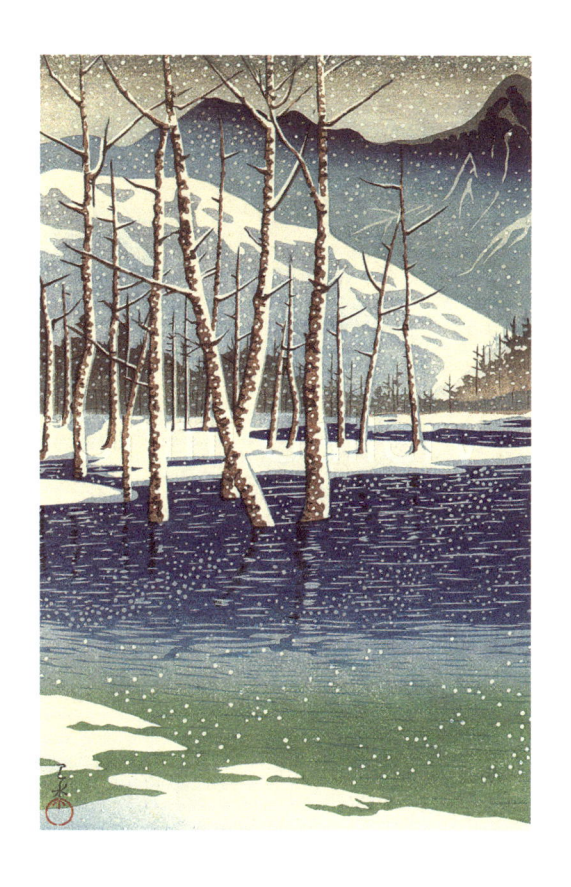

《日本新八景之大正池》
川濑巴水（1883—1957）

《吾妻峡》

川濑巴水(1883—1957)

《锦带桥的春宵》

川濑巴水（1883—1957）

《松林图屏风左扇》

长谷川等伯(1539—1610)

《松林图屏风右扇》
长谷川等伯（1539—1610）

《别府（观海寺）》

川濑巴水（1883—1957）

《相州七里海滨》

川濑巴水（1883—1957）

《五浦之月（茨城县）》
川濑巴水（1883—1957）

《汤宿之朝(盐原新汤)》
川濑巴水(1883—1957)

《池上市之仓夕阳》

川濑巴水（1883—1957）

《和歌浦观海阁》

川濑巴水（1883—1957）

《社头之雪》

川濑巴水（1883—1957）

《佐渡夷港渔港》

川濑巴水（1883—1957）

《春天的岚山》

三木翠山（1883—1957）

这种歌，歌境深远，用词巧妙，余韵无穷，词意高洁，音调流畅，声韵优美，富有情趣，形象鲜明，引人入胜。这种歌并非矫揉造作所能济事，需要认真学习修炼，功到自然成。

无论是在古代还是当今的和歌之中，都有人说有些和歌未能充分表情达意。其实，这种感觉是初学阶段才会有的。作歌的高手，都故意使词意点到为止，不做过分表现。这种不求清晰、但求朦胧的手法，正是高手的境界。不仿效这样的手法，却模仿那些不成熟的作品，是毫无益处、令人痛心的事。

关于"本歌取"①的咏法，我已经向您说过了。"本歌"为咏花歌，自己也咏花；"本歌"为咏月歌，自己也咏月，这是达人的做法。但一般人最好是将咏春的"本歌"，改咏为秋歌、冬歌，或将恋歌改咏为杂歌、季题歌，并应尽量使人了解"本歌"取自何歌。对"本歌"中的词句，不可取得太多。取"本歌"的方法，应取其中主要的两个词，各置于新咏歌的上、下句。例如，如果将下述这首歌——

---

① 本歌取：从古人已有的作品中取其词句，赋予新意，是和歌创作的一种方式与途径。

黄昏起霞云

仰首天空思佳人

佳人何处寻[①]

作为本歌，那么，就应当取其中"霞云""思佳人"两个词，将其置于新咏的歌的上、下句中，不要再作为恋歌吟咏，而应咏为杂歌或季题歌。近来，有人以这首歌作为"本歌"创作时，将"黄昏"一词也取过来，也许因为"黄昏"这个词只是附加上去的，所以听起来也并不别扭。但如果它是一个很关键的词，那么这样做则不可取。另一方面，从本歌中取一些不太重要的词句，使人看不出所取"本歌"为何，这就失去了"取本歌"的原意，因此，在取"本歌"时，应该把握好其中的分寸与要领。

还有，对于歌"题"[②]，也应有所了解。若是"一字题"，相同的题无论吟咏几次，每次都应在下句中点出。至于"二字

[①] 原文："夕暮は雲のはたてに物ぞ思ふ天つ空なる人を恋ふとて。"出典《古今集》卷十一，总第484首。

[②] 题：指和歌中的关键的字、词与语句。根据字数多少可分为一字题、二字题、三字题，或以一个词组为单位的"结题"。

题"和"三字题"等，则应当将题分为甲乙两句，分别点题。至于"结题"，原封不动放在一处吟咏是不高明的。在开头第一句就亮出题来是不谨慎的。古来秀逸之作中虽有这种例子，但不足为训，切不要仿效。但据先父庭训，如果其是一首好歌，那就不一定受此限制。

关于"歌病"的问题，"平头病"①关系不大，"声韵病"②则以尽量避免为是。比起那些没有歌病的作品，有"平头病"毕竟是个缺陷。四病、八病，既然是众所周知，这里就不必老生常谈了。如果一首歌，其价值不为歌病所损，那么无论有什么歌病也无关紧要。如果一首歌本身就欠佳，再犯有歌病，那就一无可取了。

在系列和歌中，将同一个词，连续咏进三首、五首甚至十首之中，也要谨慎。如果这个词不那么新奇，那么在多首和歌中重复使用也无大碍。如果这个词听起来很新奇，即使它不是由五六个音组成的词组，而只是由两三个音组成的词

---

① 平头病：歌病名称之一，亦称"岸树病"，指一首和歌的第一句的第一个音节与第二句的第一个音节同音。
② 声韵病：歌病名称之一，指第三句的最末一个音节和第五句的最末一个音节同音。

组过多重复仍然不好。亡父俊成卿也认为，不能令人感到自己对某个词有特别的癖好，因为这种癖好实在不好。至于像"云""风""黄昏"这类词，无论如何反复地吟咏都不会令人讨厌。优秀的和歌，对某些难以割爱的词反复使用，也无可厚非。而那些拙劣的粗制滥造的歌，将同一个词翻来覆去地使用，非常不好。如今，一些有名的歌人喜欢吟咏"曙光之春""黄昏之秋"之类的词，这完全不能被认可。装腔作势吟咏什么"曙光之春""黄昏之秋"，在歌之"心"方面并没有超越于这些词之外的更多新意。不能在歌"心"方面有创新，只在用词上煞费心思，认为这样就可以作出好歌来，是完全不可能的，只能弄巧成拙。这是歌风衰颓的征兆，令人厌恶，所以我才不厌其烦地强调这个问题。

我在上面提到的和歌"十体"，应视一个人的禀赋来决定应该向他传授哪种歌体。一个人不论他有无才气，总会有适合于他的歌体。如果对适合"幽玄体"的人，劝他学"鬼拉体"，或对适合"长高体"的人，劝他学"浓体"，会有什么好结果呢？听说佛在讲经说法时，也是根据众生资质不同而使用不同的方法，这是非常正确的。由于自己擅长某体、喜爱某体，就劝诱不适合此体的人去学，这只能妨碍他走上歌道。

所以应当充分看清某人作歌的特点，然后才能传授他某体。不管学哪种歌体，都应当以正直、纯正的态度牢记在心。因此，我并非主张只深入学习某一体，将其余的歌体一律抛弃，而是主张以自己擅长的某一歌体为基础，使自己所咏的歌达到"正位"①，然后其余各体也就迎刃而解了，应防止忘掉正道而步入歧途邪道。如今，世上许多自以为已经通达歌道的人，大都不懂得以上道理，一味劝人学习自己的歌风，这就完全背离歌道了。如果有识见高远，超出自己，具有优秀禀赋的人，却劝他一定要学自己所擅长的某体，怎么会有好结果呢？俊赖朝臣和清辅等人的《庭训抄》中，也都反复说过这番意思。所以在传授和歌时，千万要防止将人领入歧途。完全不接受先贤的指导，只是随心所欲地吟咏，也有可能不知不觉误入歧途。一般天资不高的人，认为学习别人的歌就行了，这不是正确的想法。

　　鉴别和歌之优劣是非常重要的事情。每个人都容易从众，只要是名家的和歌，即使不好也竞相推赏；而对那些不太出名的人所咏之和歌，即使写得出类拔萃，也是吹毛求疵。看来人

---

① 正位：意即最高境地。

们都在以作者的名声来品定和歌的优劣，这种情况实在令人失望。这都是因为自己缺少鉴赏能力。假如能对宽平年间①之后的先辈们所咏的和歌辨其优劣，恐怕就是真正懂得和歌了。我这样说，并非说自己就懂了，其实老愚也是有所不知。不过，也不能自轻自贱。在元久年间②，我去朝拜住吉神社的时候曾做了一个梦，梦见住吉明神对我说"汝月明也"，于是秉承家传，不自量力地写了《明月记》。我把这种私事告诉您，觉得不好意思。

关于从古诗中汲取"心"和"词"的问题，自古以来就十分慎重，但我认为这并没有什么不好。只要不是取之过度，适当使用，也会别有趣味。我想跟您说：《白氏文集》第一至第二卷中的诗都有丰富的素材，特别重要，务请披阅。

诗贵在胸怀高洁，心地澄明，和歌也是如此。如在贵人之前，该当胸有成竹，小声吟出；而在普通的歌会上，则可高声朗诵。作歌首先要心胸澄澈，这是一个必须养成的习惯。平日心有所感，不论是汉诗还是和歌，都要出自肺腑，用心吟咏。

---

① 宽平年间：宇多天皇在位时期的年号，公元889—897年。
② 元久年间：土御门天皇在位时期的年号，公元1204—1206年。

初学时，不必过分推敲，假如认为只要好好推敲就可以咏出好歌，就会苦思冥想，反而会妨碍作歌的兴致。亡父曾说过："为了使咏出的歌自然流畅，应当练习速咏。不仅如此，还要时时注意屏心静气地思考。"在正式的歌会上，吟咏得太多是不太好的。在这种场合下，无论老手还是初学者，都同样要注意这一问题。举行百首续歌①的时候，初学的人可吟四首至五首，老练的人以吟七八首为宜。

在初学阶段，个人私下吟咏的和歌，可以或快或慢、自由自在地练习。作得不好的歌，切不可随便示人。在未达到娴熟程度之前，最好选自己平时熟悉的歌题吟咏。咏歌时需要端坐，不可散漫而不拘形迹。

每首歌的头一句五个字，必须经过充分思考之后，方可确定。亡父每次作歌的时候，总是在头五个字的旁边写上很多小注。在"披讲"的时候，看见小注的人感到奇怪，问道："您为什么在每首歌的头五个字旁边做这些批注呢？"亡父回答："头一句五个字的最初构思，我都用小字写在旁边，以便为后

---

① 续歌：日本传统歌会的一种形式，每次确定一定数量（例如一百首）的歌数与歌题，由多人通过抽签分配题目，分别吟咏。

头的构思做参考,所以看起来就好像小注一样。"满座闻之,恍然大悟,觉得很有意思。

以上是我一孔之见,您读起来肯定会觉得有些问题还没有说清,我自己也感到言不尽意,挂一漏万。感谢您不嫌弃我的这些愚见,也感谢您对我的信任。以上看法未必正确,务请不要示人。老愚几年来用心于歌道修行的心得体会,都毫无保留地写给您了。希望您能以歌道的眼光看待之。

谨此,顿首。

心敬

心敬(1406—1475),初名新惠。高僧、著名歌人、连歌师。

曾入正彻门下学习和歌,在京都东山山下十住心院为僧,应仁元年(1467)为避战乱而迁居关东地区,文明三年(1471)为避战乱而隐居相模国大山,后在该地去世。著书有《私语》(1463)、《独语》(1468)及《老人絮语》《所所返答》《心敬僧都庭训》等,都是以连歌、和歌创作、评论、鉴赏为中心的著作,此外还有《心玉集》等歌句集。其中,《私语》作为心敬连歌论的代表作,集中表达了作者的"幽玄"观,提出连歌要以"幽玄"为最高追求,并强调"幽玄美"中的冷静、冷艳之美。

私语①

问：连歌之道，要以"幽玄"为本，用心加以修炼吗？

古人说过，一切歌句都有体现"幽玄"之姿，连歌修习时也要以此作为最高宗旨。不过，古人所谓的"幽玄体"，与如今很多人所理解的有很大不同。古人对"幽玄体"最为用心。一般人只注意"姿"的优美，而心之艳②的修炼却是最难的。一个人修饰外表是为了众人观瞻，而心的修炼却是个人的事。所以，古人所谓最高级的"幽玄体"，和如今的理解颇有分别。

"幽玄体"的歌如下例：

为割秋田稻

临时搭草屋

---

① 《私语》分为上下卷，共六十余段。以下选译与"幽玄"有关的段落。
② 心之艳：心之优美、心灵的审美感受力。"艳"是日本歌论中的重要概念，指华丽绚烂之美，有时又称"妖艳"。

衣襟衣袖沾露珠①（天智天皇）

彷徨又四顾

行行复行行

别离阿妹登旅程②（人麻吕）

思念已成疾

为了见到你

赴汤蹈火亦不惜③（元良亲王）

逝者被遗忘

此乃世间之常情

旅行归来堪与故人逢④（伊势）

_____

① 原文："秋の田のかりほの庵のとまをあらみ我が衣手は露にぬれつつ。"

② 原文："ささの葉太山もそよに乱るなり我は妹おもふわかれ来ぬれば。"

③ 原文："わびぬれば今はたおなじ難波なる身を尽くしても逢はむとぞ思ふ。"

④ 原文："忘れなむ世にもこし路のかへる山いつはた人に逢はむとすらん。"

秋雾何浓重

寂寞居山中

四周不见人踪影①（曾祢好忠）

欲忘又难忘

从此别离去

相会相爱在梦乡②（定家）

……③

问：有些人认为发句要以宏阔、壮美、大气为本。果真如此吗？

古人云：发句位居和歌之卷首，应大气、雍容、舒阔。不过，在编纂的和歌集当中，发句固然可以如此，而百首、五十

---

① 原文："山里を霧のまがきのへだてずばをちかた人の袖はみてまし。"
② 原文："忘れぬやさは忘れけりあふことを夢になせとぞいひて別れし。"
③ 其余例句略而不译。

首以下的连歌中的发句，要因时、因事而有区别，可有各种风格，不必求同。

在夜以继日的歌会上，如果发句的句题也相同，就只能按统一思路吟咏，那也兴味索然。

古人的发句，并不故作深沉，也不固守一种模式。晚近以来，"卷头和歌"①与"发句"被视为两种形式，作得非常显眼。但如果不考虑别人如何接续，歌会如何进行？

在中国，也有"文体三变"之说……②

问：有人认为美丽并且柔和的风体，在和歌中是至高无上的。此话应该怎样理解呢？

大体而言，素直、平和，是和歌的根本，尤其是对于艺术尚不成熟的人更应该如此。不过，倘若固守这一种风体，就容易造成懒惰，失去创作的欲望。定家卿说过："一般人都认为所谓'秀逸体'就是指吟咏那种朴素、不雕琢、平淡无奇的歌

---

① 卷头和歌：原文简写为"卷头"，指位于和歌集卷首的和歌。
② 以上例句"卷头和歌"三首与"发句"四首，略而不译。

体。我认为这种看法是不恰当的。正确的做法应该是兼修各种不同的风体。"①

古人对和歌的各种风姿做过各种比喻：如水晶与琉璃，寒且清；宛若水中长出的五尺菖蒲，挺拔而滋润；仿佛皇宫中的太极殿高座，即使无人在座，也凌驾于众人之上，气势夺人；大则虚空无边，小则可容芥子，仿佛净藏、净眼的变身②；等等。

在汉诗中，也有贾岛瘦、孟郊寒的说法。③

《思妹》歌④，在观算供奉⑤之日吟咏，也有寒凉之意。

定家卿在向其父俊成请教和歌时，俊成说："我的和歌三十岁之前，柔美和润，朗朗上口，可谓优秀之作，亦得到世

---

① 出典藤原定家《每月抄》。
② 净藏、净眼：人名，《法华经·妙庄严王本事品第二七》中的故事的两个主人公，讲的是妙庄严王不信佛法，王子净藏和净眼得了神力，变化出种种奇迹，让父王知道了佛法之力。
③ 贾岛瘦、孟郊寒：苏东坡《祭柳子玉文》："郊寒岛瘦，元轻白俗。"
④ 《思妹》歌：指《拾遗集》所收纪贯之的一首和歌，大意是，冬夜思阿妹，川风寒彻骨，千鸟飞绝。
⑤ 观算：人名，一作宽算，当时传观算死后作祟，骚扰皇室，故设"观算供奉日"，以安抚其灵。

人褒奖。从四十岁起，感觉在风骨、美艳方面有所不逮，而不为一些人所欣赏，歌艺每况愈下。应该重新加以修行才是。"他含泪说道："你问得很好。我有时也品味你的歌，与我的歌有所不同。但这不必悲叹，你所弃我者，'肉'而已，却得以保持你自己天生之'骨'。我每每羡慕你的歌，但是我也知道，从八十岁后再学已经不行了。"又含泪道："对于任何事物，得其'骨'为第一要事，你就这样发展下去，可以成为世间第一歌人。"

问：一些乡下歌会，举办的时间往往不过正午，最迟也在未时[1]结束。时间太短，人们不能进入状态。如何看待此事？

听人说，二条太阁[2]举行的歌会，好像没完没了，每每从早晨到深夜，即使不是这样，也是从早晨到日暮，比这时间更短的歌会从来没有过。参会者济济一堂，精神放松，畅所欲言。他说过："有何必要沉思呢？思来想去，结果还是一样。

---

[1] 未时：相当于下午二时左右。
[2] 二条太阁：二条良基。

沉思者的歌句反而不得要领。"他们以为"言自心出，出言必慎"，只能表明这些人的心胸浅陋。

所谓"秀逸"，是指心地细腻，优雅恬静，深悟世间之"哀"，并由此从胸中咏出的歌句，别无其他，只是一字两字的变化而已。高品位、优雅、有力、紧凑、寒凉感、雄壮等不可言状的心香，都是从悠闲者口中吟咏出来的。

后京极摄政有一首和歌写道：

不破关①上无人住

关屋颓败冷凄凄

唯有秋风起②

这里的"唯有"二字，在古今和歌中，堪称妙不可言。那位贤达的和尚③也称赞说："这实在是难得的好句！这种歌句只有在他胸中才能咏出，真令人惊叹！"

---

① 不破关：关隘名，位于今岐阜县，奈良时代三关之一。
② 原文："人すまぬ不破の関屋の板びさし荒れにしのちはただ秋のかぜ。"出典《新古今集》卷十七。
③ 那位贤达的和尚：指清岩和尚正彻。

执迷与开悟，两者是有界限的。名家的歌句诗意盎然，从胸中自然迸发而出，何须沉思再三！下手的歌句是由舌头上吟出，靠多年磨炼而成，其实没有长出能欣赏和歌与连歌的耳朵，这样的"达人"何其多也！

问：听有人说："和歌及连歌，对于那些心地粗糙、不解风情的耳朵来说，全然无趣。"是这样吗？

无论是何种艺道，对于那些无知无识之辈，"亲句""平怀体"[①]之类，或许还能略知一二，而对于高尚幽远的心灵表现，一般人难以理解。

定家的歌姿，仿佛在朦胧月夜中浮出仙女的倩影，飘着若有若无的芳香。人麻吕、赤人的歌，普通人只见得其中的人与物，而在深谙歌道的人眼里，则有玄妙不可言喻之美。

要懂得杜子美[②]的诗，可谓不易。

---

① "亲句"指连歌中上句和下句关联密切，较为易懂的歌句；"平怀体"指的是较为普通、容易理解的歌体。
② 杜子美：中国唐代诗人杜甫。

佛陀在说法时，五千名听众自以为得道，卷席而去。[1]

"应身"[2]"报身"[3]之类尚可证得，至于"法身"[4]则是凡人难以领悟的。

问：心灵应如何修炼，方能入境？

有云：进入佛门，应该静心，悟得此道，深知慈悲。明日身家性命如何漠不关心，只是敛财渔色，不知自重，此等人中悟道者较少。

据说，释迦牟尼曾骑马离开王宫遁入深山，修了六年苦行，发髻上都结了鸟巢。

优秀的诗篇都是由悠闲者写出的，此言不虚。

只有避世闲居，方可静心。面对夕阳、夜灯，感受世事虚幻无常。无论身份高贵者抑或身份卑贱者，无论贤者抑或愚者，生死或在朝夕之间，如发丝脆弱不堪。若一味逞纵自我，

---

[1] 出典《法华经·方便品》。
[2] 应身：佛教语，指的是为化度众生，从理智不二的妙体中出现之身。
[3] 报身：佛教语，应因果报应而现的佛身。
[4] 法身：佛教语，指理智不二的妙体本身。

以为自己将在此世活上百年千年，沉迷于女色，贪恋于名誉，为种种纷繁世事所羁绊，岂不愚蠢？！若肉身化为灰土，那一口气息，该向何处飘散？

不只是在自我中，还应该在万事万物、生生不息中寻求灵魂归宿。

问：那些在歌会上出口成句、文思泉涌者，是如何练成的呢？

在歌会上有时会遇到这样的人，不过，他们为何显得轻松自在，举重若轻呢？对于深谙歌道的人，能在玉石内部看到光亮，能在花朵之外嗅到花香，此可谓登堂入室。我未见过大智大慧的文殊菩萨化身再现，也未见过轻而易举就能登堂入室者。对于那些不能分辨"心"之深浅、不懂得"艳"为何物者，如何能轻易懂得歌道？

听说纪贯之作一首歌需要二十天。①

---

① 出典《新撰髓脑》。

宫内卿（为写歌）吐血。[①]

公任卿[②]的许多和歌竟是用三年才写成的。

长能[③]因和歌遭到恶评郁郁而死。

唐土的潘岳，沉醉于诗，不到三十就满头白发。[④]

佛法上所谓"最上醍醐味"，需要刻苦参悟才能证得。

问：在和歌连歌方面，如何才能在世上获得声誉呢？

古人说过：这一点因人而异。有的人一味求名，有的人淡泊名利；也有人登堂入室后，却喜欢闲居，修心养性。

定家卿在向为家卿[⑤]传授和歌时，这样说过："和歌，就是官人值班的时候，拢着灯火、守着酒盅作出来的东西。所以，你的歌还远远不行。只有先祖俊成的歌，才是真正优秀的

---

① 出典鸭长明《无名抄》。记宫内卿沉溺歌道而死，但未记"吐血"一事。

② 公任卿：藤原公任。

③ 长能：藤原长能，平安王朝中期歌人。

④ 中国晋代诗人潘岳在《秋风赋·序》中云："晋十有四年，余春秋三十有二，始见二毛。""二毛"，指黑发与白发。

⑤ 为家：藤原为家，藤原定家之子。

作品。夜深人静时，大殿上灯光摇曳，他的衣服被灯烟熏黑了，以官帽捂住耳朵，身边放着桐木火盆，发出悠扬的咏歌声。夜阑更深仍然沉浸其中，吟咏不止。"这种埋头苦吟的样子实在可贵。当时的为家卿已是高官，《皇室五十首》[①]中却没有他的名字。据该书的编后记中写道："是时歌仙，以其歌为低下。"

定家卿构思和歌的时候，盘上发髻，身着便衣，不像正式场合那样衣冠楚楚，正襟危坐。

问：有野俗不学之辈，粗略听一听别人的和歌、连歌，就随便做出品评，此事有否？

听前辈说确有此事。无论何种艺道，对高于自己的人则难以理解。对作者呕心沥血之作，却做非常肤浅的理解，每每与作者的心志不相符合。精通和歌之道者不乏其人，但真正能够鉴别歌句优劣、深谙歌道精髓的人并不多见。古人云：无论佛

---

① 《皇室五十首》：盖指建保六年（1218）编辑的《道助法亲王家五十首》，收定家、家隆、雅经、知家、信实等歌会参会者的五十首和歌。道助法亲王是后鸟羽天皇的皇子。

法，还是歌道，得其精髓极其重要。

问：和歌中有晦涩的作品，过分修饰雕琢，令人不快。连歌中也有此等事情吗？

这种连歌是常见的，有"心"的晦涩，也有"姿"的晦涩。

> 将树木砍伐
> 那冷霜之剑
> 更有山风①

这首发句很有气势和力度。但第一句五个字，稍有晦涩突兀之处。如果换上"寒气凛冽"之类，会使整首发句更为舒展。而且，用"剑"砍树，也不合情理。

> 见夏草繁茂
> 回想春天嫩芽

---

① 原文："木をきるや露のつるぎのさ山風。"出典不详。

遥想秋季草花[1]

这首发句，属于"姿"的晦涩，给人以雕琢之感。

问：从前有人请教歌仙，应该如何咏歌？答曰："枯野的荒草，拂晓的残月。"然否？

这是在难以言喻之处用心，在冷寂之处开悟，凡入境者的和歌，必具有此种风情。说到"枯野的荒草"，必然要用"拂晓的残月"相对，此境界没有修行的人难以企及。

又，据说古人在传授和歌的时候，把以下歌句作为楷模让人熟稔于心——

残月朦朦胧

红叶映月影

山下吹来阵阵风[2]

---

[1] 原文："夏草や春のおもかげ秋の花。"出典不详。
[2] 原文："ほのぼのと有明の月の月影に紅葉吹き下ろしす山おろしの風。"出典《新古今和歌集》卷六。作者源信明朝臣。

这首和歌表现出了"艳",风格恬静,在"面影余情"上用心。凡是有志于歌道者,都应以"艳"为目标努力修行。不应只着眼于句之姿及言辞的优美,清心寡欲,人间色欲要淡,在万事万物中深悟人世无常,不忘世间人情,对他人之恩,要以命相报,歌句方可从内心深处涌出。而心地虚伪之辈,其和歌之姿、词虽漂亮,但在真诚者仍会听出虚伪,因为其和歌之心不够清纯之故。古人有名的和歌,即使是自赞的和歌,也极少虚饰。特别是上古时代的和歌,歌风锐利,以后世的虚饰者之眼,恐看不出其中的秀逸之美。连定家、家隆都说:古人的歌才叫作"咏歌",而自己只是在"作歌"而已。[1]

人心取深志,兽者取浅形。

庞居士编竹笊篱,在街上叫卖。[2]

傅说[3]本是一介农夫,却进入殷王的梦境中。

张翰[4]垂钓鲈鱼,因得贤名。

---

[1] 出典《井蛙抄》。
[2] 庞居士:中国唐代庞蕴。传说他为了修行,和其女儿一起编笊篱维持生活。
[3] 傅说:中国殷代人,被殷王梦见,被重用为宰相。
[4] 张翰:中国晋代文人,仕于齐王,后厌倦官场,弃官归田垂钓,为人所称颂。

司马相如[①]当年没有衣服穿，身上只有一块兜裆布，却成了大名。

虽说"君不饰臣不敬"，然和歌之道，切不可文饰太过。

问：粗鄙之人，将那些粗陋不通之句加以修饰，却将"幽玄"的"姿"与"词"抛诸脑后。

先贤有言：万有的"道"都有相通之处，尤其是歌道，要以感情、面影[②]、余情为宗旨，在难以言喻之处表现"幽玄"与"哀"。

和歌当中有"不明体"[③]，只吟咏"面影"，是为至极之体。定家卿曾说过："非此人不能为之。"

兼好法师曾写道："眼里只见得月与花。雨夜无眠，来到

---

① 司马相如：中国汉武帝时期文人，擅长诗赋。司马迁《史记》有《司马相如列传》。
② 面影：原文"面影"（おもかげ），歌学概念之一，意为朦胧形影、模糊影像。
③ 《愚秘抄》："所谓不明体，即非此人不能吟也。在原朝臣的和歌即属此体。"

花叶凋零的树下，想起往事。"①此言诚"艳"之极者。

浔阳江头的声音，入夜后"无声胜有声"②，这就是一种感情的表达。关于恋爱的诗句，有"春风桃李花开日，秋露梧桐叶落时"之句，和歌、连歌的恋歌中，有此种风体否？此乃"风""比"之句的"姿"。先人有云：一首连歌较之三四首其他的诗歌更加深沉，述怀、恋爱的歌需要发自肺腑。

定家卿有歌云：

秋日着单衣

走在清风中

白云催人行匆匆③

清岩和尚有歌云：

秋日白云下

---

① 出典吉田兼好《徒然草》第一百三十七段。
② 出典白居易《琵琶行》。
③ 原文："秋の日のうすき衣に風たちて行く人待たぬすゑのしら雲。"出典《玉叶集》卷八。

风穿芦苇间

蜘蛛丝摇摇欲断[①]

这是秀歌，是法身之体[②]，是无师自通之歌，通常言语难以表现，是巫山神女之姿，是五湖烟水之态，无可言状。

若以色见我，以音声求我，是人行斜道，不能见如来，我觉本不生，出过语言道，诸过得解脱，远离于因缘，知空等虚空。[③]

问：歌之十体中，何种"体"为至上？

从前天皇诏敕，和歌之事可向诸位歌仙请教。寂莲法师、有家卿、家隆卿、雅经卿等，皆言以"幽玄体"为至尊。睿虑、摄政家、俊成卿、通具卿、定家卿等，则以"有心体"为高贵至极。心地柔和、哀感深邃，发自内心深处的歌即是"我

---

① 原文："秋の日は糸よりよわきささがにの雲のはたてに荻の上風。"出典《草根集》卷三。
② 法身之体：指"法"（真理）自身。
③ 原文为汉文，此处译文照录。出典《金刚般若经》。

之连歌"。

定家卿有和歌云：

春雨呀

打乱了树叶

比晚秋阵雨更添寂寥[1]

清岩和尚有歌云：

人生呀

正如秋日绵软无力

又似秋晨之花正值盛期[2]

以上和歌中的头一句，并非直接抒写作者对人生的感叹，而是在秋天的寒意的描写中表现幽玄至极的境界。这就是玄

---

[1] 原文："春雨よ木の葉みだれしむら時雨それもまぎるるかたはありけり。"出典《风雅集》卷二。
[2] 原文："身ぞあらぬ秋の日影の日にそへてよわればつよきあさがほの花。"出典《草根集》卷五。

妙，是心地修行之歌。

古人云："歌之眼"非人人具有。只有得其"心源"的人才算有"眼"。信奉"二乘"①者，因为没有大疑，故不能大悟。……②

五十一

问：无论多么擅长"幽玄"的歌人，心地修行一旦懈怠，道则不能至，然否？

心地高远，追求"幽玄"，最利于歌道修炼。定家卿曾写道："心地浅薄之辈而能获得世人称誉者，自古及今，无一人也。无所用心者，必受二神③之罚。"

道因入道④，年过八十仍潜心秀歌，每月赤足参拜住吉神宫。

---

① 二乘：佛教语，谓引导教化众生达到解脱的两种方法途径，一般称"声闻"和"缘觉"，信奉"二乘"者只求自己觉悟。
② 以下一小段略而不译。
③ 二神，似指伊邪那美、伊邪那岐，日本神道教两大神。
④ 道因入道：俗名藤原敦来。此掌故见鸭长明《无名抄》。

登莲法师要向人请教"芒草穗"①的问题，不等雨夜天明，披上蓑衣赶到渡口。别人说："未免太着急啦。"他答道："怎能知道一定会活到明天呢？"②

太贰高远常年不断向住吉明神祈祷："让我作出一首秀歌，然后再招我去，要我的性命吧。"③

智慧第一的舍利佛也是靠信心而得道。

悉达多太子舍弃王位，遁入深山，体悟到世事无常。最终成为三界之导师，光耀法界。

迦叶尊者，曾长年在檀特山修行，是因为胸有大志。

问：一些不学无知之辈，认为除常见的那些风体之外其余都是歪门邪道。然否？

古人说过，连歌的遣词造句，与通常言语无异。应有各种各样的"心"与"姿"。和歌分为"十体"，指的就是歌句的

---

① 芒草穗：和歌中的常用词语。
② 出典鸭长明《无名抄》。
③ 此掌故亦见鸭长明《无名抄》。太贰高远，即藤原齐敏之子，官至太宰太贰。

"心"与"姿"的不同。

表达同一件事情,有人以手指月,却是只见手指不见月亮;又有人表达内心情感,却只知道拾古人之牙慧,这些都为先人所不齿。了俊[①]曾写道:歌"姿"平正的作者,却难以得到"歌仙"的荣誉,但也不能三心二意。浅黄无花纹的素色衣服,不必着五色。

在佛法上,诸宗的"心"与"姿"各有不同。世上不能只有一宗一教。故有儒、释、道三教。

诸宗教各有不同,却具有同一本源。

五十九

问:当今之世,没有人不懂歌道,这是否真的是歌的盛世?

先贤有云:座次混乱,则互有怨言;鱼龙杂处,必生混乱。歌会结束,当尽快散去。只有七步诗才[②]、八匹骏马[③]者,

---

① 了俊:人名,生平不详。
② 七步诗才:指曹植及其《七步诗》。
③ 八匹骏马:指中国周穆王的八匹骏马。

才可称为歌道圣贤。

猛兽在山，毒虫不兴；圣贤在世，奸佞不灵。

老鹰安眠，鸟雀满天。

常言道：写事不难，行事难也；行事不难，行好事难也。

佛陀寂灭后，进入杂法、末发之世。堂塔佛像，遍地都是，此乃法灭之时。

世风日下，人心不古。当今之世，歌道徒有其形，可悲可叹。

佛不在，罗汉即是佛；罗汉不在，花和尚大行其道。没有金银的地方，以铅铜为宝。

歌道与佛道，先哲有明确教诲，而心地肤浅之辈不至。能否入道，取决于对先贤教诲之领悟。历代歌集，佳作纷呈，而冥顽不灵者熟视无睹。佛教有言"久发心者，乃能信受"[1]。

虽眼见，不能持心，如书水镂冰，徒劳无益。

虽有耆婆[2]、扁鹊之良药，如不养生，其病难治。

---

[1] "久发心者，乃能信受"，原文汉文，此处照录，出典《砂石集》卷三。

[2] 耆婆：传说中的古代印度名医。

无论佛法抑或歌道，心不至之辈，貌似心至。其父虽贤，其子愚鲁，虽得血脉，无以为继。正如只听齐桓公之文章，并不能造出车子。佛也有"随机""逗机"之说，随人心不同而施以不同说法。

止止不须说，我法妙难思。①

鸭足虽短，续之则忧；鹤胫虽长，断之则悲。

人云：方便之愚，正；无方便之智，邪。

又，冷泉中纳言为秀卿曾教导说：懒惰好睡的歌人要学习行动，行动太多的人，要学会悠闲舒缓。此庭训实在有益。

圣人无心，以人心为心。圣人无言，以人言为言。但以方便之言引导众生。

和歌、连歌犹如佛之三身，有"法""报""应"三身。"空""假""中"三谛②的歌句，能够即时理解的歌句，相当于"法身"之佛，因呈现出"五体""六根"，故无论何等愚钝者均能领会。用意深刻的歌句，相当于"报身"之佛，见

---

① 出典《法华经·方便品第二》。
② 三谛：佛教语，天台宗所阐述的"空谛""假谛""中谛"三种真理。

机行事，时隐时现，非智慧善辩之人不能理解。非说理的、格调幽远高雅的歌句，相当于"法身"之佛，智慧、修炼无济于事，但在修行功夫深厚者眼里，则一望可知，合于中道[①]实相之心。

[①] 中道：佛教语，主张宇宙是"非有非空"的"中道"。

世阿弥

世阿弥（1363—1443），原名服部元清，又叫结崎元清，法号世阿弥，著名能乐艺术家观阿弥（服部清次，1333—1384）之子，日本传统戏剧"能乐"艺术的集大成者。

世阿弥继承了其父的思想与艺术遗产并将其发扬光大，集编剧、演员、导演、戏剧理论家为一身，兼收并蓄、博采众长，使"观世流"成为当时日本能乐最有影响的流派，将能乐艺术推向成熟境地，并成为流传至今的具有日本民族风格的古典戏剧样式。他一生创作了一百多部剧本，撰写了二十多种能乐理论著作，主要有《花传书》（1406）、《至花道》（1420）、《花镜》（1424）、《能作书》（1424）、《拾玉得花》（1428）、《六义》（1429）、《申乐谈仪》（1430）

等，系统提出了以"幽玄"为最高审美境界的能乐学习论、表演论、剧本创作论、鉴赏批评论等。

花传书[①]

可延年益寿之申乐[②]，探其源头，有人说起源于佛陀的故乡，有人说自远古神代传至日本。岁月推移，时代流转，原貌难存。

后来为万民所喜爱者，是在推古天皇[③]时圣德太子命秦河胜[④]为天下安宁、百姓快乐，而上演的六十六出曲目，名为"申乐"。此后，世代之人皆可从中玩赏风月。秦河胜的子孙

[①] 《花传书》，一名《风姿花传》，简称《花传》。共分七篇，以下选译与"幽玄"论关系密切的第二、第三、第六、第七篇。

[②] 申乐：来源于中国唐朝的"散乐"（さんがく），10世纪时改称"猿乐"（"さるがく"），1360年后逐渐通称"能乐"（のうがく）。世阿弥在有关著作中，有意识地更多地称作"申乐"。理由详见本书第四篇论述。当作者强调"申乐"作为一种"艺能"（戏曲艺术）的特性时，或称为"申（猿）乐之能"，或简称"能"，所指相同，为表述统一，译文一律译为"能乐"。

[③] 推古天皇：日本第三十三代天皇，也是日本第一个女皇。公元592—628年在位，其间颁布了圣德太子主持拟定的十七条宪法。

[④] 秦河胜：传说中的"能乐"创始人，详见下文第四篇。

将技艺传承下来，出任春日神社、日吉神社的神职①。故两社以申乐奉神者皆由和州、江州②两地人士承担，延赓续后、兴盛至今。

学习古人、欣赏新风之余，切不可使风流高雅之艺走上歧途。言辞须文雅，形体动作须"幽玄"，方可做斯道之达人。

欲成斯道达人，必须心无旁骛，然唯有歌道，可为申乐锦上添花，必多援用。

谨将本人自幼以来所学、所见、所闻，大体胪列于后。

好色、博弈、嗜酒，为三重戒，向为先贤古人谆谆告诫；学艺者应刻苦修习，练功习艺，切忌懈怠，戒骄戒躁。

第二　模拟表演各条项

模拟表演的种类颇多，不能一一尽述。但模拟表演是斯道关键，无论如何都应下苦功钻研。

概而言之，无论什么都要能够模仿和表演，最应好好模仿

---

① 神职：在神社奉神之人。
② 和州：今奈良县；江州：今滋贺县。

的，则是其"本意"①。但也要根据模仿对象的不同，区分出粗细浓淡。

首先，以天皇、大臣为首的公卿贵族之举止，还有武士之动作，因演员出身卑微而不易模仿，很难演得逼真。尽管如此，要揣摩贵族的言谈方式和行为动作，还要恭听观众的意见和建议。此外，应细致入微地模仿上层人物的姿态，对风花雪月之事也要尽可能细致模仿，至于村夫蛮汉的粗俗举止则不必模拟过细。不过，像砍柴、除草、烧炭、晒盐等不乏情趣的动作，似可细腻模拟。而对于更为低贱的卑微小人，就不要细腻模仿了。因为这些都是不能入达官贵人之法眼的。他们看了这些，会因过于卑俗，而感到兴味索然。切记切记！

女体

概而言之，女性的姿态适于年轻演员扮演，但实际上演起来非常困难。

---

① 本意：指本有的根本之意，本质、实质、精神内涵，是世阿弥能乐论中的一个抽象概念。

首先，若装扮不好，便无甚可观。演女御[①]、更衣[②]时，因其日常生活演员看不到，所以需要好好调查请教。她们的上衣下衣的穿法，都有一定之规，需要查询清楚。若是世间普通女子的姿态，因已司空见惯，所以模拟表演起来较为容易。表演普通女子的日常便装之态，大体相差无几就足够了。而演"曲舞女"[③]"白拍子"[④]舞女、狂女[⑤]时，无论持扇，还是持其他物件，都要尽量给人一种纤弱之感，不要用力握紧。上衣、裤裙要长些，以能够盖住双脚为宜。腰部与腿要舒展，整个身体要柔软。至于脸部，若仰头，则不美；若低头，则背姿不好；若颈部挺直，则没有女人味。要穿长袖和服，不让观众看到指尖。和服腰带也不要系得太紧。

俗话说"人是衣裳马是鞍"，衣装打扮是为了更美。无论扮演什么人物，装扮不好都不行，尤其扮演女子，装扮是最要紧的。

---

① 女御：皇宫女官，位于皇后、"中宫"之后。
② 更衣：皇宫中地位低微的女官，因负责为天皇更衣，故名。
③ 曲舞女："曲舞"是日本南北朝时代流行的一种歌舞形式，女性角色可由男性扮演。
④ 白拍子：平安时代末期至镰仓时代初期的一种歌舞，以鼓乐伴奏。
⑤ 狂女：发疯的女子，能乐中的一种人物类型。

老人体

扮演老人，在能乐之道中最有奥义。观众一眼就可以看出扮演者的演技高低，因此，扮演老人最不可掉以轻心。

一般而论，即使是对能乐已经相当精通的演员，也有不少人演不好老人。像砍柴、晒盐之类有特色的老人姿态，只要演得像，人们往往就会称赞为高手，然而事实上并非如此。因为这个比较容易，最难演的是正装抑或便装的贵族老人姿态，如果不是具有极高造诣的名角，那是演不好的。没有长年的学习、修炼，达不到最高水准的演员，这类表演难以胜任。

而且，扮演老人时若无"花"，便无甚可观。表演老人，固然要表现其老态，但若是弯腰曲膝，身体蜷缩，那就失去了"花"，看上去老朽不堪，很少有可看之处。另外还要注意，不能将老人演得轻佻浮躁，而要尽量表现出老成持重之态。

老人舞姿，尤其难演。表演老人，既要有"花"，又要像是老人。对此要好好体味，以追求"老树着花"的境界。

直面[①]

扮演直面也不容易。一般来说，演员身为凡人俗身，而表现凡人俗身按理说较为容易，但不可思议的是，如果演员的演技尚未达到一定高度，直面是演不好的。

首先，原则上，演员当然要能扮演各种人物，但实际上，脸部表情常常无法与所扮演的人物完全一致，于是就要极力模拟所演人物的面相表情，这样反而弄巧成拙，令人不堪。因此，要注意在举止动作上、在神韵上贴近所扮演的对象。至于面相表情，则尽量不要刻意模仿，以追求自然之态为上。

疯人[②]

此为能乐中最能发挥情趣的人物类型。疯人的类型很多，对疯人的心理素有研究的熟练的演员，自然也会精通其他人

[①] 直面：不戴假面具，素颜。
[②] 疯人：原文"物狂"。

物。表演此类角色需要对扮演对象反复揣摩，刻苦修炼。

首先，扮演被鬼神附体的各种疯人，如被神、佛附体，被生灵或死灵诅咒而发疯的人，付之于身的神、佛等本身，扮演起来较为容易。而像与父母分别，寻找自己丢失的孩子，被丈夫遗弃，与妻子死别等，扮演这种由于感情失衡而发疯的人物，是很困难的。即使是水平很高的演员，对发疯的原因不加区别，只是一味地表现狂乱动作的话，那是不会打动观众的。表现由感情失衡而引起的发疯，要深入人物内心世界的忧郁的"本意"中，把"发疯"作为展示"花"的关键之处，如能深入表现人物内心世界的错乱，就一定会有看点，观众一定会被感动。若能以此使观众感动得落下眼泪，那就可以称之为最优秀的演员。这些都要用心加以揣摩领会。

总的来说，疯人的扮演应与人物表现的要求相称，这本是不言而喻的。然而，因为扮演的是疯人，要根据情况，尽量装扮得华美一些，也可以在发饰上插上应季鲜花。

顺便说一下，虽然追求尽可能的相似是表演的根本，但也要有所区别。如上所说，疯人的"本意"在于被外物附体而发疯，所以要表现附体之物。但在表演女性疯人的时候，却不能表现她被修罗道的恶鬼所附身，原因是，如果要表现这些附身的恶鬼之类，就势必要表现女性的狂怒之态，这与女性之美很不协调；而以女性之姿为表演的重心，又无法表现附体的恶鬼之类。被女人的怨灵附体的男性疯子，道理与此相同。总之，其中的秘诀就是避免演出这样的能乐。作者写作此类能乐的剧本，也是出于思虑不周。精通此道的能乐作者，是绝不会随便写这种难以表演的"能"的。如何处理这类棘手的问题，是此道秘事。

此外，扮演"直面"的疯人，如若能乐的技艺未达到相当高度，是难以胜任的。因为，如果面部表情不像，就看不出疯人的样态；而不恰当的表情，又令人不堪入目。所以说"直面"扮演疯人是大有学问的。在盛大演出中，缺乏经验的演员对此应谨慎对待。扮演"直面"的人物难，扮演疯人更难，要同时克服这两重困难，且要开出有趣之"花"，岂不是难上加难的事吗？必待刻苦学习而后可。

法师

法师的扮演，在能乐中虽有，但很少见，不必专门练习。

例如，扮演神态庄严的僧正、僧纲①等高僧时，都应以表现其威仪为本，模拟其高尚的气质。至于一般普通僧人、遁世、修行者，重要的是要表现出他们的云游之姿与沉湎于佛门之态。不过，根据素材的不同，扮演法师也需要其他一些手法技巧。

修罗②

这也是一种扮演类型。扮演此类人物即使演员演得很好，也不会让人感觉很有趣，所以还是少演为好。不过，若在源氏、平氏名将故事中加上一些风花雪月，且演得又好，那就会情趣盎然，并且体现出它的华美之处。

这种类型的修罗人物的狂暴动作，很容易表演为鬼的样子，有时还会弄成舞蹈动作，这是不可以的。不过，如果音曲之中有曲舞的风格，那就会带上一点舞蹈的味道。修罗的装扮

---

① 僧正、僧纲：都是朝廷任命的高级僧侣的职称。
② 修罗："阿修罗"之略，佛教用语，此处指死后堕入修罗道而痛苦挣扎的古代武士的亡灵。

是身背弓箭，手持刀剑，威严肃穆。此时要弄清其兵器的持法与使用方法，按其兵器的持法及使用方法而设计动作。鬼的动作很容易做得像是舞蹈，对此要特别加以注意。

神

概而言之，扮演神，在演技上属于扮演鬼的系统，原因是神之相貌总让人觉得威严发怒，所以将神按鬼的性格来表演，也未尝不可。但要知道神与鬼本性不同。神适合于以舞蹈动作来表现，而鬼则完全不适宜。

扮演神，要尽可能出神入化，品位要高，但在装扮上，除舞台上的神之外，现实中并没有神可供模仿，因此，可以穿着华丽衣装、追求衣冠楚楚的效果。

鬼

鬼的扮演是大和猿乐所特有的，故而极为重要。

首先，怨灵、祟物之类的鬼，有使人觉得有趣之处，所以较易扮演。演员面向对方，举手投足要细腻，以头上所戴之物为中心，加以动作，便会使人觉得趣味盎然。

相反，对地狱之鬼，如模仿得太像，则令人恐怖，情趣尽失。因扮演地狱之鬼实在太难，能演得好的十分少见。

鬼，究其"本意"，是强力而凶悍，但强力而凶悍，与趣味盎然的感觉是完全不同的。从这个角度看，对鬼的模拟是极其困难的，原因是演得越逼真，越让人觉得无趣。恐怖是鬼的"本意"，而观众的恐怖之心与有趣之感，则有天壤之别。基于这种情况，能把鬼演得有趣的演员，可以说是无与伦比的名伶高手了。不过，只会扮演鬼的演员，却是最不懂得"花"为何物的。因而年轻演员所扮演的鬼，尽管看上去不错，实际不足称道。演员若只会扮演鬼，那么他扮演的鬼也不会让人觉得有趣，这岂不是必然的道理吗？对此唯须好好钻研。能把鬼扮演得生动有趣，就好比是石板上开出"花"来。

唐人[①]

唐人的扮演，是一个特殊的门类，并没有特定的学习与表

[①] 唐人：原作"唐事"，指中国的人或事。

演的规则标准，最重要的是扮相。此外，使用"能面"[①]时，尽管唐人与我们一样都是人，但能面的模样应有不同，以表现出与我们的差别。有经验的演员适合扮演唐人，但除了服装扮相外并无特殊的表演方法。无论音曲，还是动作，都不能全似唐风，而即使扮演得酷似，也未必有趣，所以只从某一方面表现出唐人的风情即可。

这种扮相上的不同虽为小事，但在各种人体表演之中都广泛适用。并非任何事物都需要用特殊扮相加以表现，至于唐人之态究竟如何表现为好，虽尚无定则，却至少要与一般姿态有所不同，才能使观众感觉到什么是唐风，并逐渐形成一种既定印象。

结语

模拟表演的条项如上。

除此之外，尚有许多细琐之事，在此不能一一尽述，但对

[①] 能面：演出能乐时戴的假面具，作用有似中国京剧的脸谱。"能面"有二百多种，并已成为日本一种独特的艺术门类。

以上各条均能深刻理解者,对其他细琐之事亦能迎刃而解。

第三　问答条项
(一)

问:能乐上演之日,要先看演出场地,预测演出能否成功,这是怎么回事?

答:此事极难言说。不懂此道者,完全不能理解。

首先,观察当天的演出场地,就可以预测今日的能乐是否会演好。此事难以言传。尽管如此,大体可以推测一下,演出"神事"[1],或有贵人观看演出时,人们熙熙攘攘,剧场是难以安静的。在这种场合,一定要等观众完全安静下来急切地等待开演,万人之心翘首以盼,心里说:"怎么还不开始呀?"急得向乐屋[2]张望之时,就要不失时机地登场。初次亮嗓子[3]之

---

[1] 神事:祭神仪式或祭神表演。
[2] 乐屋:本指乐队演奏的场合,也指演员的后台。
[3] 初次亮嗓子:原文"一声",指主角上场后的第一声唱腔,要求宏亮有吸引力。

后，整个剧场的观众就进入气氛之中，观众的注意力与演员的表演相互谐调，人们沉浸于剧情之中。若能这样，可以预料今日的演出会取得成功。

能乐的演出以供贵人赏玩为本，若贵人来得早，必须尽快开场。此种场合，剧场中人们尚未落座，而且还陆续有人进场，现场较为嘈杂混乱，观众们尚未进入观看能乐的心境，剧场难以进入安静肃穆的气氛中，在这种场合演出第一出能①时，剧中人物登场后，各种动作都应比平时用力，声音要大，抬腿踏足要高，举止动作要充满力度，以便引人注目。这样做，剧场就会逐渐安静下来。但即使在这种场合，所表演的风体也要注意适合贵人情趣。在这种时候演出的第一出戏，往往不会十分成功，只要能让贵人们基本满意也就可以了，这一点最为要紧。

无论如何，剧场没有安静下来，尚未自然形成肃静的气氛是演不好的。如何利用和引导剧场的环境气氛并加以处理非常重要，如果缺乏经验，就难以做出正确判断。

此外，还有一事要说，就是夜间与白天演出的能乐是不

---

① 第一出能：原文为"胁の能"。

同的。夜间上演如果开场较晚，会给人一种沉闷阴暗的感觉。因此，可以白天上演的第二个曲目，作为晚间的第一个曲目上演。假若第一场戏给人一种沉闷阴暗的感觉，那么整晚演出的气氛都难以扭转过来。因此，一定要把好的曲目放在前面上演。尽管场内人声嘈杂，只要唱出一声，剧场马上就会安静下来。所以说，白天的申乐，后半部分比较好演，而晚间的申乐，前面比较好演。如果晚间的第一曲目令人沉闷，就不能改变了。

还有一个秘传，就是一切事物，达到阴阳和谐之境就会成功。昼之气为阳气，所以演能乐要尽量演得有静谧的气氛，这属于阴气。在白昼之阳气中，加入一些阴气，则为阴阳和谐，此为能乐的成功之始，观众也能感到有趣。而夜间为阴气，因此应千方百计活跃气氛，一开场就上演好曲目，这样使观众心花开放，此为阳。在夜之阴气中融入阳气就能成功。而在阳气之上再加阳气，阴气之上再加阴气，就会造成阴阳不合，就不会成功。不成功，如何能让观众觉得有趣呢？另外，即使是白天，有时也会感觉剧场气氛阴暗沉闷，要知道这也是阴气所为，一定要想方设法改变这种沉闷气氛。白昼有时会有阴气发生，但夜晚之气却很少能够变为阳。

预先观测剧场之事，如上。

（二）

问：在能乐中，"序、破、急"应该怎样界定呢？

答：此事很容易界定。一切事物之中都有"序、破、急"三个阶段，申乐也是如此。应按能乐的风情，来确定在哪个阶段、上演什么曲目。

首先，第一出曲目，其剧情一定要有真凭实据，风格务求典雅、庄重、凝练，音乐、动作一般即可，要演得简洁流畅。最为重要的是一定要上演喜庆曲目。第一个曲目无论怎样好，如果没有喜庆色彩便不合适。即或演得不太好，带有喜庆色彩亦可弥补。这是因为，第一个曲目是"序"的阶段。

其次，到了第二、第三曲目时，便进入了"破"的阶段，应表现演员所擅长的风体，上演拿手的曲目。

最后演出的曲目，进入了"急"的阶段，以上演明快热闹、演技高妙的曲目为宜。

此外，第二天演出第一曲能乐时，以演与前一天不同风体的曲目为好，而使人伤心垂泪的悲剧曲目，则要放在第二天之后的适宜时机上演。

（三）

问：在能乐的竞演中，使用什么方法可获胜？

答：此事极为重要。

首先，要增加上演的曲目，所选择的曲目要与对手的能乐在风体上有所不同。我在本书序文中已说过，要学习歌道，其用意就在于此。如果艺能的作者与演员并非同一人，无论技艺多么高超的演员，也无法按自己的意愿来表演。若是自己创作的剧本，那么语言、动作等，皆可从心所欲。因此，演能乐之人，若有和歌修养，能乐的剧本创作则非难事，而这正是此道的生命之所在。从这个角度说，无论多么优秀的演员，若无自己创作的曲目，便如同万夫莫当的勇士，临阵时却手无兵器，赤手空拳，那样是不可能取胜的。

演员的创作才能与特色，在竞演中就会明显地表现出来。如对手所演的是华丽风格的能乐，我方就要变换风体，演出静穆而又有起伏的能乐。像这样演出与对手不同的能乐，尽管对手的演出也很精彩，我方也不至落败。如果我方的演出效果很好，那就稳操胜券了。

不过，能乐在实际演出时是有上、中、下之分的。选材雅正、新奇、幽玄，饶有趣味的作品，应该说是好的能乐。能乐的剧本写得好，演员演得好，演出效果好，此为上品；能乐写得不太好，但演员表演认真，不出差错，演出效果不错，此为中品；能乐的剧本虽写得不好，但演员能尽力弥补作品的欠缺，竭尽全力去演，此为下品。

（四）

问：有一事很令人费解：在竞演中，有经验、有名望的老艺人，却被初出茅庐的新手所败，此事不可思议。

答：这正是上述的三十岁之前的"一时之花"。在老演员渐渐失去"花"色，而呈现出老朽之态时，就会被新奇之"花"战胜。对此，真正具有鉴赏力的人是能够看得出来的。因此，在这个问题上，胜负的判断就要看观众的鉴赏力如何了。

不过，在年龄虽过五十、但"花"却未凋谢的演员面前，无论拥有多么鲜嫩的"花"，都不会取胜。演技很好的演员，也会因"花"的凋谢而失败。无论是什么样的名木，不开"花"会招人注目吗？即便是普通的樱树，每当花朵绽开的时候，也会吸引人的目光。懂得这一比喻，自然就能够理解为什么凭"一时之花"会在竞演中获胜的道理了。

重要的是要懂得，此道之中只有"花"才是"能"的生命。"花"已凋谢却浑然不觉，沉湎于已有的名声之中，是老演员常犯的大错误。有的演员虽然学会了很多曲目，但却不懂得"花"为何物，那就无异于拥有很多草木，却开不出"花"来。

万千草木，花色各异，但同样都是给人以美感的"花"。有的演员即便掌握的曲目不多，但在某一方面的技艺之"花"无与伦比，也能够持久地保持他的名望。假如演员自认为尽得其"花"，但却不用心琢磨如何使观众感受到美，那么他的"花"便如同偏僻乡野或深山沟壑中的野花山梅，世人不见其面，不闻其香，徒然开放而已。

同是名优，也有种种差别。即使造诣很高的高手、名人，若对"花"无深入的研究,又试图保持名优的名声,其"花"也不会持久。而对"花"有研究的高手,即使"能"演得不如从前,但"花"会持久存在。只要有"花"存在,就不失其情趣。所以,在真正拥有"花"的老演员面前,无论什么样的年轻演员,都是无法取胜的。

(五)

问:在"能"之中,每个人都有所长。即便是无名演员,比起名家高手来也有自己的一技之长。名家高手不学习无名演员的长处,是不能,还是不为?

答:在一切事物中,所谓"得手得手,生来就有",每个人都有天生的长处。高手也会有不及下手之处。不过,高手不及下手的事情,只在一般的高手中发生。刻苦钻研、有真才实学的高手,在任何方面都应该出类拔萃。只是技精艺湛的高手,万人之中难得其一。之所以如此,是因为功夫不到、掉以轻心。

总体来说,高手也有不足之处,下手也有可取之处。许多人不明此理，一些演员自身也浑然不察。有的高手过于依赖名声，自我陶醉，看不到自己有何不足。下手本来就因用功不够，不太清楚自己有何缺点，偶尔有何优点也不自觉。因而，无论高手下手，皆应向他人学习。刻苦钻研艺能的人，应深明此理。

无论对方水平多低，若发现可取之处，高手都应向其学习，这对高手进一步提高自己极为重要。有时虽看到了别人的长处，但认为"我不能向比自己差的人学"，便会缚手脚，连自己的缺点也觉察不到。有这种想法，表明此人修养不到家。而下手发现了高手的缺点，就会想："连高手都有缺点，何况我们新手，该有多少毛病呀！"如此一想，觉得可怕，便向人求教，加强学习，艺术水平定会很快提高。反之，如果自认为"我不会演得那么差"，从而掉以轻心，则是没有自知之明的人。不知自己的优点何在，就会把缺点当作优点。年龄不断增长，演技却不见长进，这就是下手的不堪造就之处。

即便是高手，如果自满，技艺就会退步，何况下手，漫不经心，危害甚大。无论高手下手，都应该明白这样一个道理："高手为下手之楷模，下手为高手之借鉴。"取下手之长，补益于自己，此为最为有效的办法。看到别人缺点时，一定要引为鉴戒。优点也是一样，无须赘言。再强调一遍："刻苦修习，练功习艺，戒骄戒躁，切忌懈怠。"

（六）

问：在能乐中，有"位"之差别，如何理解？

答：对此，有见识的人容易分辨。一般而言，"位"，是顺着"能"的一个个的阶段逐渐上进的。令人不可思议的是，在十岁左右的演员中，竟然有人能自动达到一定"位"阶。但如果以后的学习松懈了，这种靠天分而得到的"位"是徒然无用的。

首先，随着学习练功的深入，"位"会随之提高，这是一般的道理。此外，天生之"位"叫作"长"。还有"嵩"这一概念，与"长"不同。许多人把"长"与"嵩"混为一谈。实际上，所谓"嵩"是指威严、雄壮之态，"嵩"又有广泛涉猎之意，"位""长"则与"嵩"不同。譬如，有的演员天生就有"幽玄"之美，此为"位"；有的人没有"幽玄"之美，只具有"长"，但这并不是"幽玄"之"长"。

其次，初学者要注意，学习的时候老想着得"位"是绝对不行的。那不仅得不到"位"，而且连已学到的东西都会丢掉。说到底，"位"与"长"来自天赋，若无天赋，则难以获得。但只要不断勤奋学习，不断克服缺点，"位"将会自然出现。学习，是指音曲、舞蹈、动作、模拟等方面的学习，初学者要以此为目标。

仔细想来，"幽玄"之"位"或许是天生之物，而"长"之"位"则是学习修炼之所得。①此事究竟如何，尚待好好研究。

（七）

问：所谓唱词与动作谐调，如何理解？

答：这属于具体学习上的事宜。

能乐的所有动作，都是从唱词中生发出来的，其中包括体态、动作。具体说来，要注意按唱词来支配动作。唱词是

---

① 以上关于学习与天赋的关系，在表述上有矛盾之处。

"看"时,就要做"看"的动作;是"指""拉"时,就要做"指""拉"的动作;是"听""出声"时,要做倾听的动作。所有动作都按照唱词来做,舞台动作就会自然发生。第一是身体的动作,第二是手的动作,第三是脚的动作。体态动作还要配合音乐曲调。此事难以言传,实际练习的时候,要照着师傅现场模仿为好。

只有弄明白唱词与动作如何谐调,唱词与舞台动作便会合一。归根到底,做到了唱词与舞台动作的合一,也就领悟了能乐的奥秘。所谓熟能生巧,指的就是这一境界。此为秘传。

唱词与动作本为不同之物,能将此两者和谐统一,就是登堂入室的高手了。这种能乐才是真正的"强能"①。

对于"强"与"弱"的区别,很多人分不清楚。例如,能乐之中如缺乏柔美亲切的情趣,有人便以为这就是"强",或者把"弱"当作"幽玄"加以评论,这简直是咄咄怪事。有的演员无论怎么看都无可挑剔,这就是"强";有的演员无论怎么看都让人觉得华美,这就是"幽玄"。演员如能够领悟唱词与动作谐调之理,使唱词与动作高度吻合,就达到了"强"与

---

① 强能:原文"强き能"。详见以下《花修篇》的相关论述。

"幽玄"融合的境界，就会自然成为无与伦比的高手。

（八）

问：平素听到的评论之中，常常出现"蔫美"[①]一词，此为何？

答：此事无可言喻，这种风情也难以形容。不过，"蔫美"确实是存在的，是由"花"而产生出来的一种风情。仔细想来，这种风情靠学习无法获得，靠演技也无法表现，而只要对"花"之美有深刻领悟，是可以体会到的。所以说，即使在每次表演之中并无"花"，但在某一方面对"花"有深刻理解的人，想必也会懂得"蔫美"之所在。

因此，这种"蔫美"之境比"花"更高一层。但若"花"不存在，"蔫美"也便毫无意义，而只能用"湿润"一词表

---

① 蔫美：原文"しほれたる"，指花被打湿或将要凋零之前的那种无力、无奈、颓唐、可怜、含情、余韵犹存的样子，与和歌理论中的"しをり"（亦可写作"しおり"，意为"柔枝之美"）、俳论中的"挠"（しおり）意义相近。

达。"花"呈现出"荏之美",才让人觉得富有情趣。而不开花的草木,即便呈现"荏"之状,那又有何风趣可言?无论如何,对"花"的深刻领悟非常重要,但还有比"花"更高的层次,就是"荏美",表现"荏美"更为困难。所以此种美也难以言传。

古歌云:

> 秋晨薄雾中
> 篱笆墙上花湿润,
> 谁人曾言曰:
> 此情只在秋黄昏,
> 焉知此景见秋晨![1]

又云:

> 不知不觉间,

---

[1] 原文:"薄霧の籬の花の朝じめり　秋は夕と誰か言ひけん。"出典《新古今集》秋上,作者藤原清辅。

花儿色香全不见，

转瞬即凋残。

世上人心浑似花，

焉能长久不改变！[①]

这样的和歌，就是"蔫美"的风体，对此要用心玩味。

（九）

问：从以上诸条项中可知，在能乐中，对"花"的理解是最为重要的。但还有一点不明白，怎样才算理解了"花"呢？

答：这是此道中最重要的奥秘，也是头等大事，所谓秘传之事，即对此而言。

关于"花"的要义，在以上的《各年龄段习艺条项》和《模拟表演各条项》之中已有详细说明。"一时之花"，例

---

① 原文："色見えて移ろふものは世の中は　人の心の花にぞありける。"出典《古今集》恋之五，作者小野小町。

如少年时期的声音美之"花","幽玄"之"花",等等,均为可见之物。但因其"花"是以各自身体条件为基础开出的"花",正如应季开放的花朵一样很快就会凋谢。因不能持久,就难以誉满天下。而真正的"花",无论是开放还是闭合,皆是随心所欲,所以此"花"能够持久不衰。至于对此应当如何理解,我或许还会在此后另文阐述[①],无论如何,对"花"的探求不可失去耐心。

从七岁开始,一生中都要勤奋学习,对表演的各种要领熟稔于心。竭尽所能,倾其全力,以求永葆"花"之常在。只有做到这一点,才算得到了"花"之根本。要知"花",须知其根本。"花"在心中,"种"在演技中。

古人云:

> 心地含诸种,
>
> 普雨悉皆萌,
>
> 顿悟花情已,

---

① 见本书第七篇。

菩提果自成。[1]

附记：为继家业，为传技艺，将先父教诲，秘藏于内心深处，现粗陈大概，聊记于此。恐后来者荒废此道，故罔顾世人耻笑，撰写此传，非好为人师也，仅为子孙庭训而已。

风姿花传诸条项，以上。

于应永七年[2]庚辰卯月十三日。

从五位下左卫门大夫[3]秦元清[4]书

第六　花修篇

（一）

能乐的剧本[5]创作，为此道之生命。即使饱有才学，也须勤

---

[1] 原文为汉文，此处照录。出典《六足法宝坛经》《五家正宗赞》等。
[2] 公元1400年，作者时年三十七岁。
[3] "从五位"是官阶；"左卫门大夫"是能乐艺人的称号。
[4] 能乐传人以"秦"为姓，以纪念秦河胜。作者的本名为结绮元清。
[5] 能乐的剧本：原文"能の本"，后来通称"谣曲"。

学苦练，才能写出优秀的剧本。

能乐的基本风体，在论述"序、破、急"的有关段落已有论及。特别是第一出能乐，取材要准确可靠。应该在一开场，就让人们马上知道：啊，原来是那个故事！不要写得太过烦琐，要如行云流水，自然展开剧情，开头部分要热闹华丽，第一出能乐写作要领大致如此。接下来，第二出以下的剧目，则尽可能要在语言辞藻和发挥演技方面下功夫，要写得细腻入微。

例如，若写名胜古迹题材，就要将吟咏有关名胜古迹的人们耳熟能详的诗篇，安排于重要之处引用，在与主角的歌唱、动作无关紧要之处，不要写进过于华美的文辞。因为对于观众来说，无论视觉还是听觉，全都集中在主角身上。如果观众的所闻所见都是作为全剧中心的主角的优美唱词与动作，那就会受到感动。这是写作能乐剧本的最好方法。

写作时应注意运用优雅而又晓畅的诗句。如果优雅的语言与动作高度和谐，就会自然而然表现出人物"幽玄"之风情。而生硬的语言，是与人物动作无法协调一致的。不过生涩的语言，若适合表现主人公的性格，有时也有另外的效果。无论中国题材，还是本国题材，应按其题材类型不同，注意语言风格的差异。但无论如何不能使用卑俗之语，那会破坏整个能乐的格调。

如上所说，所谓好的能乐，应是取材可靠准确，风体新颖，有起伏有高潮，有"幽玄"之美，此种能乐为最上。剧情演技虽不新颖，但无明显败笔，剧情连贯，其中不乏情趣，此种能乐次之。以上只是大致的评价标准。此外，一曲能乐当中，有些时候若经高手加以出色表演，也会颇有可观之处。在演出曲目很多，且连日上演的情况下，即便是不太出色的剧本，在反复演出中加以调整，看上去也不乏意趣。所以，能乐的演出效果是与上演的时间、上演的顺序密切相关的，不能孤立地认定哪个剧目不好而舍弃之，还是交给演员去发挥吧。

应注意的是，有的能乐的模拟表演，在任何场合都不可行。虽说逼真的模拟表演非常重要，但在扮演老尼姑、老太婆、老僧侣之类的曲目中，不可随便模拟其狂怒的动作。同样，模拟狂怒之人时，也不能表现出"幽玄"。这类能乐不是真正的能乐，而是似是而非的能乐。这样的意思，我已在本书第二篇的"疯人"一段有所论及。

万事万物，若不和谐，便不能成就。优秀的能乐，由优秀的演员来演出，并取得理想的演出效果，应该称之为和谐。

一般认为,优秀的能乐由优秀的演员来演出,是绝不会出问题的。但奇怪的是,有时效果并不好。对此,有眼力的观众看得出问题不在演出身上,可一般观众会觉得剧目本身不好,演员演得也不好。优秀的能乐由优秀的演员演出,为何效果不佳呢?仔细想来,或许是因为此时此地,阴阳有所不合,或者是由于演员对"花"领会不深所致吧。究竟为何,只好存疑了。

(二)

有不少问题,能乐作者要懂得如何鉴别区分。有动作少的静的题材,专以音曲唱腔为主,或者相反,专以舞蹈、动作为主,侧重其中一个方面,写来较为容易。而也有对音曲唱腔、舞蹈、动作兼顾的能乐,写起来很难。而只有这种能乐,才能真正让人感到能乐的艺术魅力。写作这种能乐的剧本时,应使用人们熟悉的音曲、晓畅而又有趣的语言,还有有利于发挥演技的跌宕起伏的剧情。这些因素共同发生作用,便可感动观众。

还有一些细微问题需要注意。以动作为基础的表演尚处于初学程度,从音曲之中自然产生的动作则是长年练功习艺的结果。音曲是耳闻之声，动作是眼见之形。任何演技，都是为了表现某种意义而产生动作。因表达意义要靠语言，所以，音曲唱词为"体"，动作为"用"。故而由音曲唱词而产生动作者，为"顺"；由动作而产生音曲唱词者，为"逆"。万事万物皆有秩序，逆顺不可颠倒。注意应以音曲唱词为基础，由此生发出动作，这样，才能使音曲唱词与动作融为一体。

与以上相联系，写作能乐剧本时，作者还需在以下方面有所用心。为使动作自然地从音曲唱词中产生，故写作能乐时应以舞台的风情表现为中心。若以舞台风情表现为中心，演唱时，动作风情就会自然产生。所以，写作时应以风情表现为先，然后在曲调、情趣方面下功夫。等到实际演出时，则要反过来以音曲为先。若能积累经验，经年苦练，演员的表演在风情、舞蹈、音曲等方面便能高度和谐，成为无所不精的达人。这也是能乐剧作者的功劳。

（三）

须知，在能乐中，有"强""幽玄""弱""粗"的区分。这些区分，大体看上去容易分辨，但因许多演员对此未能真正理解，所以把能乐演得"弱""粗"的演员不在少数。

首先，要知道在所有模拟表演中，若不真实，那就会流于"粗"或者"弱"。对其中的分别，不认真体会就会混淆，须用心琢磨才行。

把本是"弱"的，演成了"强"的，因为不真实，实际上是"粗"；把本是"强"的演得"强"，这才是真正的"强"，而不是"粗"。如果本应演得"强"，演员却想演得"幽玄"，也因脱离真实而并非"幽玄"，实质上是"弱"。唯有真实模仿，投入角色，不矫揉造作，才不会流于"粗"或"弱"。

此外，在应演得"强"的地方，表演得过分，就会变得很"粗"。如果本来就是"幽玄"的风体，还想演得更优雅，于是过犹不及，就变成了"弱"。

仔细想来，正因为人们将"幽玄"与"强"脱离具体对象，作为孤立的概念来理解，才产生了误解。"幽玄"与"强"是对象自身所具备的性质，例如，人之中，像女御、更衣、舞妓、美女、美男，草木之中像花草之类，凡此种种，其形态都是"幽玄"的。而像武士、蛮夷、鬼、神，及草木之中的松杉类，凡此种种，大概都属于"强"的。若能把以上各色人物都演得惟妙惟肖，那么模拟"幽玄"时，自然是"幽玄"；模拟"强"时，自然会是"强"。但如果不注意以上区别，一味地想要演得"幽玄"，而忽略了真实模仿，就会演得不"似"。自己并不知演得不似，还一心想要演得"幽玄"，就变成了"弱"。如能正确模拟妓女、美男，那自然就是"幽玄"。一定要时刻记住"似"。同样，演"强"的人物时，若演得"似"，自然会"强"。

还有记住一点，因为能乐是供观众欣赏的，这是不得不承认的事实，因此需要顺应当世风尚，在崇尚"幽玄"的观众前演"强"的人物时，即便对准确模仿有所偏离，也要演得"幽玄"一些。

同样，能乐作者还应知道，在选择题材时，一定要选择"幽玄"的人物，而且要将内心、语言都写得优雅，演出时若演得逼真，演员自然就是一个"幽玄"的演员。懂得"幽玄"的道理，自然就会懂得"强"的道理。只有做到演什么像什么，观众才看得舒畅，使观众舒畅就是"强"。

词汇的微妙的语感也要注意，像"摇曳""卧""归""依"等词，因语感柔和，会自然产生"余情"。像"落""崩""破""滚"等词，因语感较强烈，对应的动作也要强烈。

再强调一遍,所谓"强"与"幽玄",是不能脱离被模仿的对象而存在的,而只能存在于正确地模仿对象,而"弱"和"粗"的出现则是因为脱离了正确的模仿。

关于上述词汇的语感问题,能乐剧作者也要有所注意。在主角上场后的第一句、第一腔、和歌等重要之处,根据模拟对象的性格,在本应注重写出"幽玄"之处,却写进了一些粗言俗语,或加进了一些晦涩拗口的梵语、汉语,这就是作者的失误。演员若按这样的语言而动作,就会出现与人物不协调之处。有经验的演员会感觉到这种不协调,从而想方设法加以补救,使这些缺陷不至于太显眼。但这属于演员之功,作者的失误仍然是显而易见的。另一方面,即使作者在这一点上加以注意、写得很好了,但如果演员不能理解作者意图,这就是另外一种失误了。

以上就是我的主要看法。

此外,根据能乐的种类性质的不同,有的"能"不可以死板地拘泥于唱词念白及词义,要演得从容不迫。演此类能乐,舞蹈、歌唱都不要拘泥于技巧,要自然流畅。如将此类能乐演得太细太拘谨,就证明演员缺乏经验。那样演,艺术水准不会提高。所以，优美的语言，"余情"的追求，唱词意味的表现、跌宕起伏的效果，都是能乐需要做到的。不过，在从容大方的能乐中，哪怕是"幽玄"的人物配上了生硬的语言，只要演唱流畅即可。须知这种能乐正是能乐的原本的样子。但要强调的是，对以上各项未能掌握，就来表演这种从容大方的能乐，那我以上的各条庭训，就等于白费口舌了。

（四）

须知能乐演得好坏，与演员的"位"是密切相关的。

例如，有一种不追求文字、动作华美，但从容大方、取材可靠、品位颇高的能乐。此类能乐，乍看上去不太细腻，缺乏情趣，对这种能乐，即使出色的演员，有时也可能演不好。即使有与这种能乐相适应的最好的演员，若观众眼力不高，或不是在堂皇的大剧场上演，那恐怕也不会成功。所以，能乐之"位"、演员之"位"、观众的鉴赏力、演出场所、时间等诸多因素，如不相谐调，便不能成功。

还有一种小巧精巧的能乐，出典虽不是那么有名，但很"幽玄"，也很细腻。此类能乐适合初学的演员来演出。演出场所，以乡村祭祀场所或夜间的小院落为宜。对这种能乐，无论是有鉴赏力的观众，还是演技很好的演员，都会产生一种错觉，以为既然在乡下或小地方演出效果不错，那么无论在何时何地，在隆重盛大的场合，在有贵人出席的地方，或有捧场者助阵，一定会成功。其结果却恰恰相反，这样不但有损演员名声，连捧场者也丢了面子。

因此，除非是不受能乐的种类与演出场所等种种因素的制约，而在任何时候都能获得成功的演员，否则就不能称其为已经掌握了"无上之花"的高手。对任何场合都能适应的高手，何事都不成问题。

此外，在演员之中，有人演技颇高，对能乐的理解却未达到同样高度，也有人对能乐的理解高于自己的演技。在贵族府邸或盛大场合，演员虽是高手，但因曲目选择不当而出现失误，这是因为这个演员对能乐理解不深。另一方面，演技并不甚高明，演出经验不多，尚处于初学阶段的演员，在隆重盛大的场合演出时却不失其"花"，赞誉之声不绝，而且一直不出纰漏，且状态稳定，这是因为该演员对能乐的理解高于自己的演技。

人们对以上两种演员的优劣评价不一。但无论如何，在贵人府邸或盛大场合总能获得成功的人，其名望就会持久。如此看来，比起那些虽有演技，但却不懂得能乐的人来说，大概还是那些演技虽不太高，但对能乐有深刻理解的人，更适合做剧团的领头人吧。

对能乐有深刻理解的人，自知有不足之处，在重要场合，懂得扬长避短，先演自己擅长的风体，若整体上完美，定会受到观众赞赏。而对于自身所不擅长的，就在小的场合，或乡下边远地区多演几次。这样通过反复练习，不擅长的曲目，到时也自然会成为擅长的曲目了。由此，能乐的修养既广且深，艺术水平不断提高，演员个人的名望渐大，剧团也随之兴旺发达。其时虽然年事已高，但"花"尚存。可见，从初学的时候开始，就必须下苦功弄懂能乐的奥秘。只有弄懂能乐的奥秘，刻苦修炼，必定拥有"花之种"。

至于以上两种演员究竟孰优孰劣，还是由各人琢磨去吧。

以上，花修篇。

上述各条，除矢志"能"艺的人之外，对他人一概保密。

世阿弥

第七　别纸口传[①]

（一）

在此口传中，我要讲如何理解"花"，首先是要懂得为何以大自然中的"花"来比喻能乐。

概而言之，万木千草中，四季应时而开，因其新鲜之美而为人欣赏。申乐也是同样，满足人的爱美之心，即其风趣之所在。所谓"花""风趣""新鲜"，三者实际是同一的。世上没有不谢之花，正因为有凋谢之时，当它开放之时才会让人觉

[①] 别纸口传：意即另外专门写下来的最重要的秘传。

得新鲜。"能"也不是固定不变的，故与"花"同然。不断变化、风体常有更新，才有新鲜之美。

不过也要注意：虽说要有新鲜感，但亦不能上演世间所没有的稀奇古怪的风体。应按《花传》中的各条项逐一学习修炼，演出时则要根据具体情况，从中选出适宜的曲目上演。所谓"花"，只有当它应季开放之时才让人觉得新鲜。同样，演员要对已经学过的各种能乐熟练掌握，根据时人风尚选择适当的风体上演，这就如同供人欣赏应季开放的鲜花一样。所谓"花"，今年所开之花为去年所种之花，能乐也同样，尽管观众以前也曾看过许多曲目，但由于曲目数量多，把它们全部演一遍需要很长时间，即使同一曲目，许久之后再演，仍会让人觉得新鲜。

人之喜好千差万别，对音曲、动作、模拟的喜好，因地域不同而各有差异，演员如不掌握诸种风体，便无法使观众满意。掌握很多曲目的演员，就如同持有从初春之梅到深秋之菊，一年四季开放的花种都能信手拈来，无论何种"花"，都能根据人们的要求，因地制宜，随时展示。如果演员掌握的曲目不够多，有时就会无"花"可取。譬如，春季已过，人们欲要欣赏夏花之时，只擅长春花的演员，手中无夏花，只能拿出已过时的春花，岂非不合时宜？由这个比喻，不难看出掌握多种曲目的必要性了。

所谓"花",只有让观众感觉新鲜时才称其为"花"。所以,我在《花传》有关论述花的段落①之中表述为"竭尽所能,倾其全力,以保证永葆'花'之常在",与此处口传的旨意相同。因而,所谓"花"并非特殊之物。只要肯下苦功,掌握各种曲目,懂得如何给观众以新鲜之感,那就得到了"花"。我曾说过:"'花'在心中,'种'在演技中。"就是这个意思。

我在《模拟条项》"鬼体"中说过:"演员若只会扮演鬼,那么他扮演的鬼也不会让人觉得有趣。"意思是说,演员应在掌握了诸种曲目之后,再扮演鬼,因为鬼演得偏少,人们就感觉新鲜,便有了"花"。如若不会演其他风体,被观众认为此人只是鬼演得好,即使鬼"能"演得确实不错,观众亦不会感到新鲜,因此亦不会感到有"花"。我在前面还说过"如石上生花",是说在演鬼时,不演得凶悍可怕,让观众心惊胆战,便根本不像是鬼,所以把这种"鬼"比作岩石。而在这岩石上开出"花"来,则是指演员熟练掌握"鬼"以外的诸种风体,观众认定他是"幽玄至极的高手",却没想到也能演鬼,

---

① 本书第三篇第九问。

那就会让观众觉得非常新鲜,这便是"花"。所以说,只能演鬼的人,就如同只有岩石,而长不出"花"来。

(二)

现在要说的,是关于具体演技的秘传。

音曲、舞蹈、动作、招式、风情等具体演技,与上述相同。在相同的能乐中,动作、唱词总是大同小异,当观众习惯地以为"今天的演出还是老样子吧"的时候,演员的演出却与以往不同。虽为同样的动作,演得比以往更为得心应手;即便是相同的音曲,又经过锤炼提高,曲调更优美,唱腔更动听,演员自己也觉得"从未像今天演得这么好"。感到很满意的话,观众一定会评论说:"今天比以往更有趣。"这岂不是因为观众由此感觉了新鲜之美吗?

因此,尽管是相同的唱词,相同的动作,上手演得格外富有情趣,而下手只是按学过的曲谱演唱,给人索然无味之感。所谓的"上手"就是虽演唱同一曲调,但他懂得什么是"曲"。所谓"曲",就是曲调上的"花"。同样是上手,同样掌握了"花"的人,下最大的功夫钻研,用心思索的人,就会对"花"有更深一层的体会。一般而言，曲调在音曲之中是有基本规范的，而在此基础上有"曲"者，只有最好的演员才能做到。在舞蹈中，动作是有程式的，而由舞蹈动作产生的"极品"演技，也只有最好的演员才能做到。

（三）

演员模拟人物时，有一种"不似之位"，就是深谙模仿的奥义，完全进入角色后，似不似就完全不成问题了。在这种情况下，全部心思都集中于如何表演得更加富有情趣，怎么会无"花"呢？例如，模拟老人时，进入角色的演员的内心感觉就如同一个普通老人身着彩装，跳风流延年[①]舞时没什么两样。本来老人自身因为上了年纪，无须想着自己要像老人，心里只想着进入情境与角色即可。

关于老人的扮演问题，以上我曾说过：既要有"花"，又要像是老人。[②]重要的是绝对不要老想着自己的动作是否像

[①] 风流延年：日本中世纪的一种民俗歌舞，舞者化妆，应节奏起舞。
[②] 此语又见于本书第二篇《老人》一节结尾部分。

老人。一般而论，舞蹈动作是合着音乐节拍手舞足蹈，举止动作都是与节拍互相谐调的。但如果扮演的是老人，动作要比大鼓、歌唱及小鼓节拍稍迟缓一些，一招一式都要显得比节拍迟缓。这一点是扮演老人的诀窍之所在。演员要将这一点牢记心中，至于其他方面，只要按常规尽量演得华美即可。老人一般的心态是，无论何事，都希望显得年轻，但无奈身体活力不足，动作迟缓，听觉不敏，心有所想，力有不逮。懂得这一道理，就能够真实地模拟老人了。总体上，要将动作做得有意显得年轻一些，这样就表现出了老年人羡慕年轻的心态与动作。但无论怎样显得年轻，却总要演得比节拍稍迟缓一些，这是基于老人心有余而力不足的道理。而老年人特意做出的显得年轻的动作，又会使人产生新鲜感，这就如同"老木着花"。

（四）

以下论述"能"中的"十体"[1]。

"十体"兼备的演员，在一个地方将自己所掌握的曲目逐

---

[1] 十体：泛指能乐表演中的所有演技、风体。

一上演一遍需要很长时间，因此会让观众感到新鲜有趣。掌握十体的演员，再不断完善细节，可做到无所不能。

首先，同一曲目，三五年之间只演一次，就会使每次演出都让人觉得新鲜不厌，此种做法最为有效。其次，还要注意，根据一年之中的季节变化，选择适当的曲目安排演出。此外，在连日上演的场合，不用说一天之中的曲目要适当搭配，整个演出过程都要注意搭配不同风体，根据演出顺序，适当安排各种不同风体的曲目，以免单调。似这样，从全局到具体细节，每次每场都能安排得有序得体，方可永葆"花"之常开。

"十体"固然重要，还不可忘记"年年岁岁之花"。什么是"年年岁岁之花"呢？"十体"指的是模拟表演的各种类型，而"年年岁岁之花"是指幼年时期的童姿、初学时期的神态、壮年时期的演技、老年时期的风度等，将以上各时期的特点都集于一身。如此，所演之能乐，有时让人感觉是孩童或幼者，有时又让人感觉是壮年演员，而有时又让人感觉是技艺精湛的老演员，看起来每次都让人觉得不是同一人。这种将幼年至老年的所有技艺集于一身的效果，就叫作"年年岁岁之花"。

不过，达到这种品位的演员，自古以来闻所未闻。据说先父盛年时期的表演已经达到了老年演员那样的高品位,他自己也颇为自得。他四十岁之后的演出我经常观看,的确如此。听说他在演出《自然居士》①这一曲目时,表演主人公在高台上讲经说法,时人对此评论说:"简直就像十六七的少年啊!"人们都这么说,我也亲眼所见,先父的确是达到此种艺术品位的高手。像这样在年轻时便掌握了将来要掌握的老年风体,老年时还保持着年轻风体的演员,除先父之外我还没有见过第二个人。

可见,能乐演员不可丢掉初学时期掌握的各种风体,在必要的时候要能够随时献艺。年轻时掌握的老年风体,老年时仍能加以保留,岂不是别有一番新鲜味道吗?而随着艺位的提高,若将以往的风体丢掉了,那就如同失去了"花种"。"花"只管在各时期开放,却不注意保存"花种",那就像是被折断的树枝上的花。若有"花种"在,年年岁岁都可以盛开。重要的是不能丢掉以往学过的东西。在对演员的评论中,我们经常听到对年轻演员的称赞是:"成熟得真快""很有功

---

① 《自然居士》:传统能乐曲目之一,作者观阿弥,剧中主人公是一年轻僧侣。

底",而对老年演员的称赞则是:"多年轻呀!"这不正是因为人们感到新鲜才如此说吗?

在"十体"中不断完善并加以变化,就会有"百色"之效。将"年年岁岁之花"集于一身,持久保持,此"花"岂不就是"花"中极品了吗?

(五)

对能乐的表演来说,各方面都要留心。例如,在表演愤怒之时,演员不可忘记保持柔和之心。原因是无论多么愤怒,演员表演起来都不能失之于蛮劣。在表现愤怒时也仍保持柔和之心,才会别有一番情趣。而做"幽玄"的表演时,也不能忘掉"强"。以上道理,适用于一切方面,包括舞蹈、动作、模仿表演等。另外,做基本的形体动作时,这种心情也不可缺少。做强烈动作时踏足要轻;用力踏足时,身体姿势要保持平静。

以上之事,书不尽言,宜在现场传授。

此事在《花习》[①]中论述较详。

[①]《花习》:世阿弥的另一部著作,为《花镜》的初稿。

（六）

须知"花"应保密，正因是秘密，所以才是"花"。懂得这一道理，对理解"花"非常重要。

世上各种艺道中，都有各家不公开的"秘传"，因为是秘传才使其发挥了更大作用。而一旦将秘密之事公开，就变成了平凡无奇的东西。谁以为秘传之事无关紧要，谁就是不懂得此事的重要性。

例如，就在这本关于"花"的秘传之中，倘若"新奇就是'花'"这一道理众所周知，即便表演得不乏新奇，观众心里也未必觉得新奇。对于观众来说，正是由于他们不知道"花"为何物，演员才能有"花"。观众只是觉得演员演得比想象的更好，而不知道这就是"花"，这才是演员之"花"。总之，能使观众感觉出乎意料，就是"花"。

例如，在武道之中，有时足智多谋的名将会以出奇制胜之法击败强敌。从败者的角度看，岂不是被出乎意料的计谋所迷惑才失败的吗？所以说，在一切事物中，出人意料是取胜的法宝。事情过后才对敌人所用计谋恍然大悟，以后就容易采取应对之策了。先前的失败是因为不知就里。所以说，所谓"秘传"，就是把某物藏在自家中。

不仅如此，还要注意：不但不应将"秘传"示人，而且连家中有秘传之事，也不可让他人知道。假若让人知道了，对手就会小心提防，这样就等于提示对方提高警惕。对手麻痹大意时，我方取胜才容易。让对手掉以轻心，才能出奇制胜。所以，自家的秘事绝不可外传，才能确保自家永远是"花"之主。保密才有"花"，泄密则失"花"。

（七）

懂得"因果之花"的道理极为重要。

一切事物皆有因果。从初学到掌握各种演技，是为"因"；对能乐有很高造诣而取得名望，是为"果"。如忽视学习之"因"，便难以达到应有之"果"。对此道理一定要有充分认识。

还要特别注意时运，须知去年盛开的"花"，今年也许不会再开。就是在短时间内，有好时运，也有不好的时运。在"能"中，无论演员自身如何努力，演出效果有好的时候，也有不好的时候，这不是人力所能改变的。懂得这一道理，在不太重要的演出场合，哪怕是"竞演"，也不要志在必胜，不要过分费力。即便输了，也不必介意，须有所保留，不要倾其所有。这样观众也许会纳闷："这是怎么回事？"觉得有些失望。而一旦到了重要演出场合，则应幡然豹变，献出自己的拿手好戏来，竭尽全力表演，观众会觉得格外精彩。于是，在重要的竞演中，在决定胜负的场合，旗开得胜。这是由于出奇制胜的新奇感发挥了巨大作用。前后演出的好坏，是时来运转的因果关系。

通常，在三天内各演一场的情况下，第一天要演得有所保留，适可而止。而在三天内最重要的一天之中，则要亮出拿手好戏来，并倾尽全力演好。在一天之内的"竞演"中，若感觉时运不佳，开头的表演就要有所保留，待对方的时运由好转坏时，再拿出精彩的曲目竭尽全力去演。此时的时运对自己有利，如发挥出色，就会成为当天最精彩的演出。

时机的好与坏，是说在所有的比赛中，一定会有一方感到一切顺利，这就是时运好的缘故。在"竞演"曲目多、时间长的情况下，好时运在双方之间来回转移。有一本书上写道："有胜负之神，胜神与负神各就其位，决定胜负。"这在武道兵法中是专门研究的秘事。假若对方的申乐演得非常顺利，就要意识到此时胜神在对方那边,要小心对待。但胜神、负神是来回交替的,当觉得胜神又回到了我方时,就要演出自己拿手的曲目。这就是剧场上的因果规律,对此一定要认真领会,不可掉以轻心。常言道:"信则灵。"

(八)

"因果"关系,即运气时好时坏,仔细想来,无非是能否给观众以新鲜感的问题。同一个优秀演员,上演同一曲目,相同的观众如果昨天今天连看两次,昨天还觉得饶有情趣,今天便会感到索然无味。之所以如此,是因为昨天的印象还残存于心中,对今天同样的演出就失去新鲜感,因而觉得不好。隔一段时间再看,同一演员的同一演出,又觉得饶有情趣,这是因为虽然以前觉得不好,但隔了一段时间又觉得新鲜有趣了。

如上所述,演员对此能乐有了很高造诣之后,便会懂得,所谓"花"并非什么特别之物,但假如未得登堂探奥,在万事万物中领悟怎样才能产生新鲜之感,那就不会懂得"花"为何物。

佛经云:"善恶不二,邪正一如。"究竟根据什么来确定何为善、何为恶呢?只能根据时间场合,把有益之物作为

"善",把无益之物作为"恶"而已。就能乐的各种风体而言,也要根据不同的观众、不同的场合、时尚好恶等,选出合适的曲目上演,因其有用而成为"花"。然而,此地喜好这种风体,而彼地却喜好另一种风体。人人不同,人心不同,"花"亦不同。不过这些"花"都是真正的"花"。须知,为时人所用者,皆为"花"。

跋

此篇"别纸口传",于艺道、于我家门均极重要,一代只可单传一人。即使是吾家血脉,若无此道才赋,亦不得相传。有言曰:"家,仅有后嗣不能称其为家,有继承者方可为家;人,不在有人,唯有传人方可谓人。"此秘传,可令功德圆满,妙花常开。

此口传之各条,早先曾传与胞弟四郎[1]。因元次[2]有能乐之

---

[1] 世阿弥之弟,音阿弥之父,能乐艺术家。
[2] 元次:人名,所指不详。取世阿弥的名字"元清"之"元"和观阿弥的名字"清次"之"次"而成,有日本学者怀疑是世阿弥的儿子十郎元雅的曾用名。

天赋，故又传之。

秘传秘传！

应永二十五年六月一日[①]世阿弥

至花道
一、关于"二曲、三体"

关于能乐的学习方法，略述如下：

能乐的曲目种类甚多，但习艺的入门，无非是"二曲、三体"。

所谓"二曲"，指的是歌与舞；所谓"三体"，指的是所模仿的三种人的身体动作。

首先，歌与舞必须在师傅的指导下认真刻苦修习。从十岁到长大成人时，不应该只学"三体"，应该在不化妆的情况下，以童姿来模仿各色人等。也就是说，不戴假面具，无论模仿谁，只要叫出那人的名字，就能以童姿对其加以准确

---

① 应永二十五年：公元1418年。时年作者五十五岁。

的模仿。在乐舞方面，少年时期在跳《陵王》《纳苏利》①之类舞蹈的时候，也应该能够不戴假面具，以童姿来舞蹈。像这样在学习中充分发挥儿童少年的姿态之美，成年后就会成为"幽玄"之美的源泉。（《大学》有云："其本乱而不末制。"）②

待少年长大成人后，就能够戴着假面具，扮演种种人物，模仿种种对象了。但在这一时期，为了以后达到理想的艺术境界，所学习的基本课程只应该限于"三体"。也就是"老体""女体"和"军体"。对老人的模仿要惟妙惟肖，对女人的模仿要惟妙惟肖，对勇士的模仿也要惟妙惟肖，为达到这三个目的，就要认真刻苦学习，然后，将少年时代学到的歌与舞，运用于"三体"的表演中。除此之外，没有正确的学习方法。

此外的各种艺术表现，都是"二曲"与"三体"的延伸，自然而然就会具备。例如，那些沉静老到的姿态是"老体"的

---

① 《陵王》《纳苏利》：均为舞蹈名称。
② 此句引文为有关版本所加。《大学》的原文是"其本乱而末制者否矣"。意思是基础打不好，最终也做不好。

具体表现；那些"幽玄"高雅的姿态是"女体"表演中的具体表现，而那些勇猛暴烈的姿态则是"军体"的具体运用。掌握了"三体"，演员就会将"意中之景"①自然地表现出来。假如艺术修养不太足，就不能得心应手地随时运用与发挥，但只有练好了"二曲"与"三体"的基本功，才会成为优秀演员。从这个角度来说，"二曲"与"三体"可以称作"定位本风地体"②。

然而，看看当今能乐界，没有人从"二曲"与"三体"的本道入手学习，而是同时学习对各种事物的模拟表演。只学细枝末节的技艺，不能形成自己的风格，艺术功力差，由此而成名的人完全没有。可以说，不从"二曲"与"三体"入门学起，只是漫无章法地模仿，就是无计划无系统的盲目学习。

须知，童姿的最初的优美保留在"三体"中，"三体"的延伸可应万变。

---

① 意中之景：原文"意中の景"，与中国的文论中的"意境"似有相通之处。
② 原文如此，意即确立正确艺位的基本的风体。

二、关于"无主风"

在能乐艺术中，所谓的"无主风"是应该极力避免的，对此也应该好好理解与体会。

首先，所谓"无主风"的"主"，就是与生俱来的先天具有的某些特质。不过，只有长年累月地刻苦修习，这些先天的特质才会自然地发挥作用。

歌舞方面，在从师学习、力图模仿师傅的阶段，还属于"无主风"的阶段。这一阶段，只是暂时学得很像师傅，却没有形成自己的艺风，所以还不能充分发挥自主性，艺术上也不能进步，这就是"无主风"演员的情形。

认真向师傅学习，学得像他，然后化为己有，用心体会领悟，以致演出时能够灵活运用与巧妙发挥，这就是"有主"。只有达到这种程度，其表演才能生动感人。充分发挥天然优势，在学习的各个阶段循序渐进，最终达到应有境界，就可以成为"有主风"的演员。希望你们能对"有主"与"无主"的区别有充分的理解。（古人曰："不为坚，能为坚也。")①

三、关于"阑位"

在能乐的艺风中,优秀演员达到了至高境界后,不时地呈现出异样的风格,初学者便想学习模仿之。这种达到至高之位的艺风,实际上是很难学来的,对此究竟应该怎样学习模仿才好呢?

所谓"阑位"②,指的是演员从幼年到老年,经过多年的学习修炼,掌握了所有艺术环节,取其精华,去其糟粕,达到至高无上的境界,演技炉火纯青。有时把以前学习修炼过程中加以规避的一些不入正统、不正规的演技,夹杂在传统演技中进行表演。唯其是名家,所以敢于打破某些禁忌,这也是名家的独特之处。名家都有高超的演技,因此高超的演技便不再稀奇,观众看惯了就失去了新鲜感。在这样的情况下,稍微加入

---

① 此句为该书底本的附注,有些版本有"孟子曰……",但不见于《孟子》,出典不详。
② 阑位:世阿弥能乐论中的重要概念之一,此处的"阑"是高、深之意,"阑位"意即"至高之位"。

一点不正规的演技，对优秀演员来说可以增强新鲜感。于是，"非风"就变成了"正风"[1]。依靠名家的艺术功力，可以变非为是，由此，其表演推陈出新。

对这样的演员，初学者将他单纯理解为新鲜有趣的演员，想去跟他学习、模仿他的演技，但本来就是尚须添柴加火的不成熟的新手，所以不免东施效颦。如果将至高之位仅仅理解为一种演技，就是对名家的"心位"一无所知。所以对此道理一定要认真体会理解。名家使用了非正统的演技，初学者却误认为是正统而模仿之，两者之间的错位真是黑白分明。因此，修炼年头不够的初学者，是无法达到"阑位"的。而初学者想模仿名家的烂熟的演技，模仿其非正规的东西，对他而言学来的仍然是非正规的东西，下手岂可因此而成为高手？

古人云："以若所为，求若所欲，犹缘木而求鱼也。"又云："缘木求鱼，虽不得鱼，无后灾；以若所为，求若所欲，尽心力而为之，后必有灾。"（此语见《孟子》）[2]

名家高手以其高超的艺术水准，在演技上将非正规转变为

---

[1] 非风、正风：不正规的做法、正规的做法。
[2] 此句为本书底本脚注。

正规，这是名家的功力所致，下手则不可模仿。下手以自己现有的水平，试图去做高手做的事情，是徒劳无益的，这就是古人所说的缘木求鱼式的做法。如果所模仿的高手的技艺是正统的高难的东西，即便学得不像，也有益无害，但也仅仅是"缘木求鱼"而已。但一定要注意，不要去模仿名家高手的那些非正统、不正规的东西，学习那些东西，就是自招损毁。

初学的演员一定要好好从师学艺，勤学好问，对自己的艺位要有清醒的把握与认识。随着艺术上的从师学习，耳濡目染，要不断将初学时期的"二曲""三体"加以反复调整锤炼，以期不断完善。《法华经》有云："未得为得，未证为证。"[①]宜认真体会。

四、关于皮、骨、肉

能乐艺术中，有皮、骨、肉三个层次。三者俱全的很罕

---

① "未得为得，未证为证"：《法华经·方便品》原文是"未得谓得，未证谓证"，"为"似为"谓"之误。意即尚未得到的可以觉得是得到了，尚未领悟的可以以为是领悟了。

见。在书法方面，除弘法大师①的御笔之外，可以说没有一个人具备皮、骨、肉三层次。

在能乐艺术中，究竟皮、骨、肉指的是什么呢？首先，一个人天资聪慧，具备了成为名家高手的潜质，就叫作"骨"；歌与舞学得全面而精到，并形成自己的风格，叫作"肉"；将以上优势很好地发挥出来，塑造完美的舞台形象，叫作"皮"。如将"骨、肉、皮"与"见、闻、心"结合起来说，那么，"见"就是"皮"，"闻"就是"肉"，"心"就是"骨"。再进一步说，在音曲方面，也可以分为"骨、肉、皮"三个层次：声为皮，曲为肉，息为骨。同样，表现在舞台演出中，姿为皮，手为肉，心为骨。对此需要仔细切磋琢磨。

然而，看看当今演员的实际状态，不仅没有具备这三者的人，而且连知道"骨、肉、皮"为何物的人也没有。我本人因承先父的秘传，对此才有所知晓。综观当今的能乐艺人，只是稍微有了一点"皮"而已。而且也不是真正的"皮"，而是满足于表面模仿的"皮"而已。所以，这样的人只能是"无主

---

① 弘法大师：原文为"大师"，指的是高僧空海，也称作弘法大师、高野大师。

风"的演员。

"骨、肉、皮"三者具备的演员即便有，也还需要对此有深入的理解。天生的潜质为"骨"，歌舞的熟练为"肉"，人体的"幽玄"为"皮"。依此看来，或许只不过是具备了三者，还不能说已经就是三者兼备的演员了。三者兼备的境界，具体来说，就是将三者全都发挥到极致，达到至高无上的程度，进入举重若轻，从容不迫的境界。舞台演出时，直让人觉得妙趣横生，事后回味起来感觉无可挑剔，这是具备"骨风"的功力深厚的演员给人的感觉；从哪个角度看都觉得趣味无穷，这是具备了"肉风"的功力深厚的演员给人的感觉；无论怎么看都让人感受到"幽玄"之美，这就是具备了"皮风"的功力深厚的演员给人的感觉。像这样，在演出完成之后能够给观众留下深刻印象而又让人回味无穷的演员，方可称为"骨、肉、皮"兼备的演员。

五、关于"体"与"用"

在"能"中，有"体"与"用"的分别。举例来说，"体"是"花"，"用"就是花香；"体"是月亮，"用"就是月光。因此，对"体"有了深刻理解和把握，对"用"就可自然掌握。

在"能"的观赏中，内行用"心"观看，外行用眼观看。用"心"观看，看到的是"体"；用眼观看，看到的是"用"。初学时期的演员，用眼看"用"并模仿之，这是不明白"用"之性质的模仿。须知"用"是不可模仿的。懂得"能"的演员，是在用"心"观看，进而模仿其"体"。"体"模仿好了，"用"自然含在其中。不懂"能"的人，误以为"用"是独立存在之物并模仿之，以模仿来的"用"作为"体"而不自觉，这不是真正的"体"，其结果是"体"未得到，"用"也未能得到。艺术上如同无源之水，很快干涸。这种"能"只能说是旁门左道。

"体"与"用"固然是两种东西，但没有"体"，"用"就无所依凭，所以"用"实际上并不能独立存在，也就不能孤立地加以模仿。倘若误以为"用"是孤立的存在并模仿之，那将成何"体"？须知"用"在"体"中，并不是孤立的存在，因而不能单独去模仿"用"。明白了这一点，就懂得了"能"。"用"不可能由模仿得来，那就不要去模仿。要知道模仿了"体"就会同时获得了"用"。需要反复强调的是：单纯模仿"用"而得到的"体"是似是而非的"体"。理解了这一点，就能理解"体"与"用"的不同。

人云："想学别人者聪明，想似别人者愚蠢。"因而，所模仿者是"用"，所学来者应该是"体"。

结语

以上所述有关能乐学习的诸条项及详尽论述，为前人所未论及。只有一些老演员，有人自然获得了本书所述的那种高超艺术境界，但也不太多见。从前，王公贵族观客对能乐的评论专事褒扬，几乎不指缺点。而今，他们的鉴赏水平大为提高，对些微的缺点也予以批评。若非琢玉成器、摘花成篮的"幽玄"之作，则很难符合他们的期待。然此道达人不多，并有式微之势，如不按本书所述刻苦修习，斯道中绝亦未可知。故将本人多年思考所及，大体论述如上，此书未论及之处，可根据各自情况，接受相应的口传。

应永二十七年[①]六月

[①] 应永二十七年，即公元1420年，作者时年五十七岁。

附记[1]

《论语》云："可与言而不与之言，失人；不可与言而与之言，失言。"[2]

《易》云："非其人，传其书，天所恶。"[3]

能乐修习到一定程度，也有将"用"转化为"体"者。艺术造诣至高至深，"体"与"用"的差别便不存在了。像这样将各种"用"转变为"体"者，可谓"妙体"。

可以称之为"美姿"的一切艺术风姿，都有无可言喻的性质，是从"体"发出的馨香。换言之，"美姿"是存在于"体"而显现于外的。

白鸟衔花之姿，可谓"幽玄"风姿之象征。

---

[1] "附记"二字为译者所加。
[2] 出典《论语·卫灵公》。
[3] 《易经》未有此语，出典不详。

能作书[①]
一、能乐剧作写作诸要领

能乐的创作,由"种""作""书"三个环节构成,此谓"三道"。第一是要选择能乐的题材,是为"种";第二是构思情节结构,是为"作";第三是词曲的书写创作,是为"书"。具体地说,"种"就是从有关典籍中选取素材特别是确立主人公;"作"就是构思和安排"序、破、急"三部分及五阶段,从而确立曲目的结构;最后是书写唱词,创作唱曲,使词曲搭配,从而完成整个创作过程。

(一)何谓"种"

所谓"种",就是能乐艺术的题材的撷取,特别是剧中主角的确立,须知主角的选择确定会对歌舞效果产生很大影响。毕竟作为娱乐的能乐,其核心在于歌与舞。如果主角不舞蹈、不歌唱,那无论是多有名的古人、多优秀的作家,都不可能令演出产生好的艺术效果。对这一道理需要切实加以理解。

---

① 一名《三道》。

能乐表演的各种人物，男性方面有业平、黑主、源氏等优雅之士，女性方面有伊势①、小町②、祇女③、静④、百万⑤等美丽聪慧之人。这些人物本来都是歌舞方面的名人，把这些人物放进能乐中做主角，对于强化歌舞游乐的效果具有很大作用。在僧侣人物方面，有自然居士、花月、东岸居士、西岸居士⑥等游玩之人。其他方面则可以是无名的普通男女老少，以这些人做主角，要考虑他们能否适应于歌舞表演，然后进行能乐剧本的创作，像这样对决定剧本成败的基本题材与人物加以选择确定，叫作"种"。

还有一种情况，就是在能乐剧本创作中有一种"作能"，即并不取材于任何典籍，而是完全的创作，以名胜古迹为背景构架故事情节，演出时可取得很好的舞台效果。这种"作能"

---

① 伊势：平安王朝中期的女歌人。
② 小町：古代女歌人小野小町。
③ 祇女：《平家物语》中的女性。
④ 静：源义经的爱妾。
⑤ 百万：南北朝时期的舞女。
⑥ 自然居士、花月、东岸居士、西岸居士：均为"喝食"，即在寺院修行的尚未剃度的少年僧人，能乐中的主角，其中"西岸居士"是"东岸居士"的配角。

的创作需要很高的学识与才能。

（二）何谓"作"

所谓"作"，就是在"种"确定后，经深思熟虑，来构思如何安排结构和展开剧情。

首先，能乐在结构上的"序、破、急"有五个阶段。其中"序"有一段，"破"有三段，"急"有一段。

具体而言，先是"开口人"[①]及配角上场，接着从"韵白"[②]到"过门"[③]"一谣"[④]，以上为一段；接着，进入"破"，主角上场，一声亮嗓之后，吟诵"一谣"，为一段。然后，主角与配角进行对话问答，合吟"一谣"，为一段。接着，或演唱"曲舞"[⑤]，或演唱小歌曲调[⑥]，完整的唱腔结束

---

① 开口人：能乐中的人物类型之一，属于配角，一般在第一出曲目首先上场"开口"，吟诵表示祝愿恭喜之类的吉祥台词。

② 韵白：原文"さし声"，能乐中节奏自由的科白，主要用于简要叙事。

③ 过门：原文"次第"，能乐剧本"谣曲"中的音乐过门。

④ 一谣：能乐中的人物用高声吟诵（"上歌"）来叙述旅途见闻经过（"道行"）的段子。

⑤ 曲舞：能乐曲调之一种，来自日本南北朝时期流行的一种歌舞，参见《风姿花传》第二篇《女体》相关注释。

⑥ 小歌曲调：原文为"只谣"，是来自民间的"小歌"（短小歌谣）的曲调唱腔。

后，为一段。然后进入"急"。跳舞、各种动作招式，或者是合着"早节"[①]和"切拍子"[②]等节奏做动作，为一段。以上共五段。

另外，根据出典题材的不同，也有六段的情形。还有的曲目某一段不足以成段，于是就成了四段。不过，通常的基本形式是五段。

以上"序、破、急"中的五段确定后，接下来的问题就是："序"当中安排什么唱腔？"破"中的三段如何搭配三种唱腔？"急"当中如何设计合适的音曲唱腔等问题。然后确定每一段的唱腔的句数，一个完整的曲目就此完成了，这就叫作能乐的"作"。

根据能乐的种类与风格的不同，序、破、急各阶段的音曲唱腔也可以有所变化。

一出能乐曲目的长短，是以五段唱腔的句数来计算的。

（三）何谓"书"

能乐的"书"，是从一出能乐曲目的第一句开始，就要根

[①] 早节：能乐台词（谣曲）的一种节奏形式，两个字音一拍。
[②] 切拍子：谣曲的一种节奏形式，一个字音一拍。

据剧中人物的性格，仔细斟酌此人应该说什么，并且应该怎样说。要选择和使用恰当的汉诗、和歌中的词语，根据剧情来表现吉祥，表达"幽玄"，表现人物的爱恋、喜怒哀乐等。

在能乐剧本中，有着由题材所决定的特定的地点场合，包括某处名胜古迹等，为了表现剧情与人物性格的需要，可以采用将该名胜古迹为题材的相关名歌、名句及其用词，写进剧本"破"的三段里，并且要把这些安排在能乐剧本的关键之处。此外，在主角的唱词中，华辞美藻、名言名句之类要多用一些。

以上各条，就是能乐剧本写作的基本要领。

以上，为"种、作、书"三道。

二、"三体"写作诸要领

老体、女体、军体，是为"三体"。

（一）老体

老体，一般是最先上演的曲目。"老体能"首先要有恭贺的内容。一般结构是：配角登场，从"过门"到"一谣"的吟唱，为一段。这里的唱词，格律通常以"五七五"开始，然后是"七五、七五"调，连续反复，一般以七句到八句为宜。"七五"共十二字为一句，如插一首和歌，则以两句计算。

此后主角登场，便进入"破"的部分的第一段。主角老夫或老妇以"五七五、七五"的格律一声亮嗓，在"七五、七五"两句之后，以节奏自由的韵白，吟诵"七五、七五"调，以十句为宜。接下来，从低音调的"下歌"，到声调高亢的"上歌"，吟毕"一谣"，以十句左右为宜。

此后进入"破"的部分的第二段。是配角与主角的问答，各自的句数为四五句为宜，不可超出（在问答中，主角一般要回答某事体的由来，但问答要限制在两三句之内）。然后以高亢的"上歌"一同吟咏，到吟毕，共十句左右，并分两个部分。

此后进入"破"的部分的第三段。如是"曲舞"，那就要以最高音唱出五句左右。接着，前半部分的"韵白"吟诵五句左右，后半部分的"韵白"吟诵五六句并煞尾。曲舞唱腔以十二三句为宜，曲舞后半部分的唱腔也以十二三句为宜。主角与配角的相互对唱各两三句，要轻歌曼舞，缓缓收束。

此后进入"急"。无论"后主角"是天女还是男神，走在桥廊上就要开始高声吟诵韵白，亮嗓子，然后合唱。时而高声长啸、时而低沉吟咏，以求变化多彩。接着是快板风的问答对唱，双方各以两三句为宜，应保持轻快节奏。因主角的身份不同，有时也以"切拍子"的节奏煞尾。无论在何种情况下，"急"的部分都不能拖长。所谓长短，要以上述的谣曲的句数来计算。

以上是一天中所上演的第一出能乐的大概结构。第一出上演的能乐，其气氛适合老人出场，所以把它确定为"老体能"。除第一出"能"之外，各种"老体能"的结构样式也各有不同。

以"女体"的能作为第一出能乐的场合，其五段的构造与上述的"老体"相同。

(二) 女体

以女人做主角的能乐，应该写得风格华美。"女体能"是最能显示歌舞之美的能乐，在女体能乐中应有最优美的风体。主角是女御、更衣或者是葵上、夕颜、浮舟等贵族女性，气质姿态优雅，有着普通女性所不及的风情，对此在能乐的写作中要有充分的理解和表现。同时，对其音曲唱腔的微妙之处也要留意，要与跳曲舞的专业艺人的唱腔设计有所不同。女主角美丽而温柔的姿态是无上的"幽玄"之位，因而其音曲、唱腔、动作、风情等，都要追求最大限度的美感，而不能有一点不足。

这样的以高贵女性为主角的表演，像美玉翡翠一样珍贵。在此之上，再加上六条御息所的魂灵附于葵姬的身上作祟，夕颜被妖怪所害、浮舟被鬼神附体①等有趣的情节，就成为"幽玄"的花种，是难得的好题材。古歌云："梅花有浓香，衬得樱花更芬芳，想让樱花与梅花，开在柳枝上。"②而这类题材，是比这首和歌所吟咏的更美更珍贵的花种，只有能够对此种题材好好利用和发挥的能乐的作者，方可谓具有无上审美感受力的达人。

此外，静、祇王、祇女等，因是专跳"白拍子"③舞蹈的女人，应该让她们吟咏和歌，高声亮嗓、合着"白拍子"唱出最高音，合着急促的鼓点舞蹈。在这种以"白拍子"舞女为主角的曲目中，最好是以一字一拍的大拍子的温馨静谧的音曲来煞尾。

百万、山姥等女子，因为她们是跳"曲舞"的女子，以她们为主角的"能"要写得平易亲切。在五段的结构中，"序"与"急"的部分要简略，以"破"为主体，将曲舞置于重要位置，曲舞分两部分，后半部分进行要快，表现要细腻，最后以

---

① 均为《源氏物语》中的情节。
② 出典《后拾遗集》，作者中原致时。
③ 白拍子：平安时代末期至镰仓时代中期流行的一种歌舞，以鼓伴奏。

"次第"①煞尾。

关于疯女人的曲目，因主角是不明事理的疯子，所以不妨溢出常规，尽可能下功夫写好。音曲表现细腻，以多彩的歌舞相映衬，姿态有"幽玄"之美，各环节都要富有情趣。妆扮要美，唱曲要有技巧，注重细节，色彩艳丽。

以上是理想的能乐的写作方法，表现贵族女性、白拍子与曲舞的舞女，还有狂女等，人物类型各有不同，要了解其各自的特点，从而谋篇布局，如此，便可称得上是理解"能"之本质的能乐剧作家。

（三）军体

关于以军人为主角的能乐剧本的写作。首先，这一类型的能乐大都是以源氏与平氏的武士名将为主人公的，所以要严格按照琵琶法师②的原作来写。

"军体能"的结构也是"序、破、急"五段，各段唱曲的长短要精心安排，如果有幕间休息，"前主角"换上"后主角"登场，那么最好是将曲舞放在后场，在这种情况下，

---

① 次第：谣曲小段的名称。
② 琵琶法师：弹着琵琶的僧装民间艺人，也是《平家物语》等中世纪"战记物语"的作者。

"破"的部分就延伸到"急"的部分中去了，这样的"能"，在结构上就成了六段，如果没有幕间休息，就变成了四段。这是由能乐的内容所决定的。总之，前场可以压缩得短些。

由于取材来源不同，"军体能"的写法也不一样，没有一定之规，不过，各段的音曲唱腔要尽可能写得短，在"急"的部分，使用修罗戏的那种"早节"来煞尾较为合适。根据演员的具体情况，可以使用"鬼能"风格的力度较大的演技招式，节奏要强，动作雄武有力。

"军体能"的登场人物一定要有自报家门的台词，这一点在写作时需要留意。

以上是"三体"能乐剧本的写作方法。

三、其他风体的"能"的写作[①]

（一）"放下"[②]能的写作

"放下"之"能"乐属于军体的一种延伸，以"碎动

[①] 原文无此标题及序号，为译者根据全文内容结构所加。
[②] 放下：原为佛教语，即放弃诸缘的意思。僧装的狂放艺人叫作"放下僧"，此处指能乐的一种类型，多以"放下僧"为主角。

风"①演技为风格特征。主角为"自然居士"或称"花月",还有男"物狂"②或者是女"物狂"。这种能乐的风格有所差异,但都使用"碎动风"的演技。

这种"能"的一般写法是:配角登场为序段,在鼓乐声中,"放下僧"盛装出场,走到桥廊处朗声吟诵韵白,韵白为古代和歌或其他名句均可。要让观众清晰可闻。在富有情趣的词句中,韵白夹杂普通的台词,共七八句,然后一声亮嗓。

"放下能"的模拟表演,在桥廊处就要使远处的观众看清,吟诵与唱腔要特别富有感染力。"能"作者明白了这一点,就要在创作中选择恰当的词语,并能够让演员发挥其技。从"序"的韵白开始,到唱腔,句数不要多,表现要简洁流畅,长度与普通曲目的"序"的部分的音曲相仿即可。然后,是主角与配角的对白问答,多为讲理争辩。在论辩四五个回合之后,安排高声吟诵十句左右,作曲的风格要尽可能

---

① 碎动风:原文"碎动の風",详见下文。此外,作者在《二曲三体人形图》一书中对此做了详细解释。认为"碎动风"指的是"形鬼人心",即外形像鬼,内心是人的表演;与此相对的是"力动风"(详见下文)则是"势形心鬼",即从内到外都是鬼。

② 物狂:是能乐中的一种人物类型,以狂放的云游艺人为主,有"男物狂""女物狂"。

轻快。然后从舞到曲舞,是第三段,剧情表演要富有波澜和起伏。到了最后的"急"的部分,要巧妙安排"早节"与"落节"①,取得色彩斑斓、摇曳多姿的效果。

在"放下能"中,剧情有时是父母与孩子失散后相逢,有的是寻找到失散的夫妇或兄弟,以此为最终结局。因为是这样的剧情,在"破"的部分的第三段要设计全剧的高潮,最后以议论问答结尾。在亲子、兄弟重逢的场面中,要表达出激动而泣的心情,并以此结束全剧。这种"能",大体上与"物狂"的舞台效果相同。

(二)"碎动风"鬼之能的写作

"碎动风"是属于"军体"的一种具体的应用性的风体。所谓"碎动风鬼",就是形为鬼,心为人。

这种风体的能乐一般分前场与后场。前场有三段,有时是两段,都要写得简短。在后场登场的"后主角",一般设定为鬼魂幽灵。一登场,在桥廊上吟咏的四五句韵白,要写得生动有感染力。一声亮嗓之后踏上舞台,身体和腿脚的动作要细致,动作力度要强,科白要抑扬顿挫,然后,高声吟诵十句左

---

① 落节:似指急转直下的节奏。

右，合唱要风格轻快，或者让主角配角论理争辩三四个回合亦可。在"急"的部分，以"早节"与"切节"①不断反复交替为宜。由于音曲节奏的作用，应使可怕的鬼魂动作也产生出美丽的风情。对此要用心琢磨，方能写好。

此外，还有"力动风"的鬼能。所谓"力动风鬼"，就是从外形到内心都是鬼，样子狰狞可怕。这种风体的能乐，本流派不写不演，只是创作演出"碎动风"鬼，并以此为鬼能之风体。

以上各条，须认真学习体会，并运用于能乐的创作。

（三）开闻、开眼

这里所谓的"开闻""开眼"，存在于一出能乐中的"急"的部分。

首先，所谓"开闻"，是由"二闻一感"②构成的。就是在一个曲目中，将所撷取的题材加以文辞修饰，以唤起从"耳"到"心"的感动，显示所取题材的理脉，再配上曲谱，使"理闻"与"曲闻"两者融汇为一，而使观众感动，达到这种效果

---

① 切节：原文"切る節"，似指"切拍子"的细部节奏。
② 二闻一感："耳闻"与"曲闻"的融汇为一。以下有详细论述。

的，称之为"开闻"。

所谓"开眼"，就是在一个曲目中，能使观众看见演员的表演就受到感动，这是能乐的眼目之所在；舞蹈动作使剧场观众获得美感，这是演员表演的感染力之所在。虽然这并不取决于剧作者写的剧本如何，但如果剧作者不在剧本中加以安排和设定，是不可能表演出来的。所以，应该如何编写、安排这样的舞蹈动作，对剧作者来说是值得好好用心斟酌的。这是一出能乐让观众"开眼"的关键之处，故称之为"开眼"。

因此可以说，"开闻"是剧作者的功夫，"开眼"是演员的功力，而将这两者兼备于一身者，才堪称能乐艺术的达人。

"开闻""开眼"还有奥妙，此事可请师傅口传。

（四）不匹配的能

在为少年演员写作剧本的时候，有一事要特别注意。少年演员作为配角演出时，装扮成人家的儿子或女儿，这是与少年的身姿很相称的，没有任何问题。但如果不是作为主角来演，那就不应该让他们表演与其身姿不相配的人物与动作。所谓不相配的人物动作，例如在少年演员主演的能乐中，少年扮演父亲或母亲，寻找丢失的孩子，表演悲切的演技，而把更幼小的演员作为自己的儿子或女儿，于是亲子相逢，少年与少年互相拥抱在一起痛哭流涕，这样的情景看上去并不美。有观众说："少年演员主演的曲目，即便演技很好，看上去仍然觉得别扭。"出现这样的感觉，就是由上述情况造成的。如果少年时代就做主角，应该扮演人家的儿子或小弟，寻找父母的下落或失散的兄弟，这是与少年的身姿相匹配的。即便剧情中不是亲子关系，那也要选择一种合适的关系。让少年演员扮演老人，与少年的身姿是不谐调的。

另一方面，上了年纪的演员也有同样的问题需要注意。戴着假面，扮演和模仿人物，都是演员理所应当的事情，但如果年龄太大，扮演有些人物看起来就不舒服。例如，年轻演员扮演老人没有问题，相反的，年纪大的演员扮演人家的儿女，或者扮演敦盛、清经[①]那样的年轻的名将公卿，观众看起来就不容易接受。对此需要好好注意。

写作能乐剧本时，要明确某位演员适合扮演什么样的人物，需要量体裁衣，量身制作，这一点非常重要。看不准演员的长处与优势，对能乐的特质没有深刻的理解，就不可能写出

---

① 敦盛、清经：都是平氏家族的武士，年轻时战死，也都是同名能乐曲目中的主人公。

适合演员演出的能乐剧本。作为能乐作者，注意这一点是至为要紧的。

四、名剧与"幽玄"①

（一）名剧曲目

在"三体"中，近年来有在世上得到好评、影响很大的若干曲目，兹胪列如下：

《八幡》②《相生》③《养老》《老松》《盐釜》④《蚁通》等"老体"能。

《箱崎》⑤《鹈羽》⑥《盲打》⑦《静》⑧《松风村男》⑨

---

① 原文无此标题及序号，为译者根据全文内容结构所加。以下两个小标题亦为译者所加。
②《八幡》：《弓八幡》的旧名。
③《相生》：《高砂》的旧名。
④《盐釜》：《融》的旧名。
⑤《箱崎》：江户时代初期被禁。
⑥《鹈羽》：江户时代中期，因幕府不悦而被禁。
⑦《盲打》：已散佚。
⑧《静》：所指不明，或指《吉野静》。
⑨《松风村男》：《松风》的旧名。

《百万》《浮船》《桧垣之女》①《小町》②等"女体"能。

《通盛》《萨摩守》③《实盛》《赖政》《清经》《敦盛》等"军体"能。

《丹后狂人》④《自然居士》《高野》⑤《逢坂》⑥等"放下"能。

《恋爱的重荷》《佐野的船桥》⑦《四位少将》⑧《泰山木》⑨等"碎动风"能。

这些"能",可以作为新创作的剧本之楷模。

晚近创作的许多能乐曲目,都是在旧曲目的基础上加以修改、润色而成的。例如,过去的《嵯峨狂人》中的狂女,就变成了现在的《百万》。《静》有另外的旧本,《松风村男》的情景是过去的《汐汲》,《恋爱的重荷》就是过去的《绫太

---

① 《桧垣之女》:《桧垣》的旧名。
② 《小町》:《卒都婆小町》的旧名或别名。
③ 《萨摩守》:《忠度》的旧名。
④ 《丹后狂人》:江户时代初期被禁。
⑤ 《高野》:《高野狂人》的旧名。
⑥ 《逢坂》:《逢坂狂人》的旧名。
⑦ 《佐野的船桥》:《船桥》的旧名。
⑧ 《四位少将》:《通小町》的旧名或原曲。
⑨ 《泰山木》:《泰山府君》的旧名。

鼓》，《自然居士》有新、旧本之分，《佐野的船桥》也有另外的古本。许多能乐剧本都像这样对古本加以改编，使其成为新作。按照时代变化的要求，对语言稍加改变，对唱腔加以改动，便成为不断焕发生机的"花种"。将来也会同样将现在的作品加以改变创作。

(二)"幽玄"的风格

能乐的优劣，并非由从艺者自身加以判断。能乐是城市、乡村、远近各地都能欣赏的艺术，其优劣也只能由世人判断，一切都是明摆着无可隐匿的。而能乐的风格，有传统的风格，有当代的风格，随时代推移而变化。从古到今，声望天下无双的能乐名家，其风格都是具备了"幽玄"之趣的。例如，从前在田乐方面的一忠，晚近有我流派的观阿弥，以及近江日吉座的犬王[1]，他们的歌与舞都以"幽玄"为根本，是"三体"俱佳的达人。此外，擅长"军体"与"碎动风"的艺人，有人得一时之名，但不能持久保持名声。可见，最理想的境界是以"幽玄"为"本风"[2]。无论何时何世，都会保持其永恒的艺术

---

[1] 犬王(？—1413)，出家号"犬阿弥"，后称"道阿弥"，在艺术上对世阿弥有较大影响。

[2] 本风：世阿弥能乐论中的概念，意即正宗、正确、根本之风格。

魅力。

如何使"幽玄"之"花种"开花吐艳，应该是能乐作者从事创作的立足点。再强调一遍：从古至今，时过境迁，艺人各有其能，但能够获得最高的声誉并将声誉永久保持的演员，都是以"幽玄"为风格的。看看前人的评论，综观近日能乐界，就会发现无论是在城市还是在乡村都获得好评的，无一不具有"幽玄"之"花风"。

以上所写，是近年来所见所闻所思之得，撮其大要，连缀成篇。窃以为本人在应永年间[1]创作的多种能乐曲目，即便到了后世也不会失掉价值。对本书所写诸条，切望读者用心学习钻研。

此书一卷，秘传于儿子元能[2]。

应永三十一年[3]二月六日

---

[1] 应永年间：1394—1428年。
[2] 元能：世阿弥的儿子之一。
[3] 应永三十一年，相当于1423年，作者时年六十岁。

花镜
一调、二气、三声

唱腔需知如何运"气",吹奏需要把握音准,运气需闭目吸气,而后出声。如此,唱腔方能准确。若只求音调,而不合乎"气",声调正确也难以做到。音调由"气"而出,然后发声,是为"一调、二气、三声",是为发声规则。

又,发声依托于"气",声音合于曲调,唇齿分辨字音。若有比文字更微妙的音节,还须配合以面部表情加以表现。此事须在心中认真玩味。

宫商上下错落,发声成文,谓之音。若阴阳、天地、律吕与呼吸相配合,则宫为阴,地、吕为呼出;商为阳,天、律为吸入。吕之声与律之声上下高低相交错,而成声;有五音——宫、商、角、徵、羽,十二律——吕有六、律有六。

心动十分,身动七分

所谓"心动十分,身动七分",是指在从师习艺的时候,举手投足，均从师傅所教，在对师傅所教者完全掌握之后，举手投足，不必做满十分，由"心"所控，动作有所节度。此点不限于舞蹈动作，平日起居坐卧时，也要注意由"心"制"身"。如此，则以身体动作的表现为主，由"心"加以辅助，情趣即可产生。

上身大动，腿脚稳当

此要领，与"心动十分，身动七分"相似。若上身与腿脚同样强烈动作，则看上去显得粗野。而上身剧烈动作，腿脚却很稳当，虽然看上去很激动，却不显得粗野。同样，腿脚很稳当的时候，上身缓慢动作，沉稳自持，此时脚步声虽大，却也不显粗野。这种表演方法，就是使得目之所见、耳之所闻，效果有所不同。两者相反相成，趣味盎然。

一般而论，不宜在舞蹈中学习踏足，在舞蹈以外的动作、模拟中学习为好。

先闻后见

一切模拟表演，都是将戏文唱词的内容以视觉听觉的方式表现出来，所以，应以文辞为先。然而，有时，模拟动作与戏文唱词同时进行，更有甚者，模拟动作先于戏文唱词，这就使得耳闻与目见的顺序完全颠倒了。与此不同的是，应让观众先听到戏文唱词，接着让其看见相关动作，在听完戏文唱词之后，再将注意力转移到观看动作上来，在这微妙的瞬间，见与闻互为作用，相得益彰。

例如，在表演"哭泣"的时候，要先让观众听到有关"哭泣"的戏文唱词，紧接着做出以袖掩面的动作，哭泣的表演就算完成得很好。而在观众对"哭泣"的戏文唱词尚未听得十分确切时，演员就以袖掩面，唱词滞后于动作，"哭泣"的表演实际是以唱词结束的。如此一来，动作为先，动作与唱词就出现了不谐调感。所以，模拟表演应以动作来结束，这就是"先闻后见"。

先成其物，后拟其态

此处所谓"先成其物"，是申乐中的各类模仿表演的基本原则。譬如，扮演老翁，要演出年老态，须是弯腰弓背、步履蹒跚、手脚活动受限。必须首先正确模仿这种姿态，然后，无论是舞蹈还是起卧动作抑或唱腔，都要基于这一基本姿态。

再如女子，腰身要舒展，手臂要伸长，身段要柔软，动作要柔弱、婀娜。在此基础上，以舞蹈、唱腔、动作等，对女子加以进一步的表现。

又如在表演鬼等发怒的场合，心中要憋劲，身体要直硬，然后做发怒的表演。

除此之外，一切模仿表演，首先要先成为对象，然后再模拟其姿态。

无声为根

舞蹈时，若不发出音声就不能感人。随着出场第一声唱腔而翩翩起舞，则能魅力四射。一个舞蹈动作收纳时，在音乐唱腔中仍会余情不绝。

有云，舞与歌均出自如来藏①。首先，出自五脏的气息，分为五个种类，变成了五音、六调。六调中双调、黄钟调、一越调，统称"三律"；其次有平调、盘涉，称为"二吕"；最后还有一个"无调"，是从律、吕中派生出来的调式。总之，从五脏发出的音声，驱动五体，此为舞蹈之根本。

"时调"因时节而确定，有的按四季划分，有的按昼夜十二刻来划分，分别对应于双调、黄钟调、一越调、平调、盘涉调这五调。此外也有人认为：所谓时调，是天人在演奏歌舞的时候，天界的音乐传到地上人间演变而成。天界当然会按时节而演奏歌舞，并制定各时节的音调，所以这两种说法都有道理，并不矛盾。骏河舞②是由天女降临而传授的歌舞，是日本独有的秘曲，在此不加详述。

须知，音声力度不足，舞蹈则不能有感人之力。在普通的歌舞中，根据舞曲而起舞时，因有法可循，较为容易；若没有笛子、大鼓的伴奏，则舞蹈失去了依凭。这也可以证明：舞蹈

---

① 如来藏：佛教语，指包含在人的烦恼中的真如。
② 骏河舞：从平安时代起在皇宫中演出的以"东游"为中心的歌舞。传说是由"天人"在骏河的宇土浜所传授。

必须依凭于音声。

又，舞有五智：一曰手智，二曰舞智，三曰相曲智，四曰手体智，五曰舞体智。

第一手智：从起舞时的合掌开始，动五体，收缩手臂，一曲舞蹈，按"序、破、急"顺序进行，由此掌握舞蹈的基本程式，此乃"手智"。

第二舞智：手虽然也动，但非"手之舞"，手足尽可能少动，姿态以美为先，手不显眼，舞姿尽显。正如飞鸟乘风，翅膀似静止不动，却是舞姿翩翩。此种方法，叫作"舞智"。

第三相曲智：在上述的按"序、破、急"顺序进行的"手智"中，再加上"舞智"而成。"手智"之舞有修饰[①]，"舞智"之舞无修饰，"有修饰"与"无修饰"两者融为一体，可以收到理想的舞蹈效果，使观众感觉趣味盎然。将上述两方面运用于舞蹈中，名曰"相曲智"。

第四手体智：在上述的"相曲智"中，将"有修饰"与"无修饰"加以调和，以"手智"为主，以"舞智"为从。这就是"手体智"。

---

① 修饰：原文作"文风"。

第五舞体智：在上述"相曲智"中，以"舞智"为主，以"手智"为辅，亦可称作"无舞之舞"。

将以上的舞蹈方法分为三体，男体适用于"手体智"，女体适用于"舞体智"。要根据人物表演的需要，选择适当的舞蹈方法。

在舞蹈中，又须注意"目前心后"。"目前心后"就是"将眼置于前，将心置于后"的意思。在上述的"五智"中，这属于"舞智"的风体。从观众的角度看演员的舞姿，是离开演员自身的眼睛，从旁观的角度加以欣赏。相反，从演员自身的角度看自己的舞姿，就是主观的"我见"，而不是客观的"离见"。"离见"就是以与观众同样的心情去看，这样才能看清自己。看清自己，就是将自己的舞姿从前后左右的各个角度都看清楚。不过，严格地说，这样也只能看清自己的前面与左右两面，后面是看不见的。看不见后面，舞姿中的瑕疵就不会发现。

只有从"离见"的角度，才能和观众一样，用自己的眼睛观察自己，在肉眼看不见的地方用"心眼"去看，才能使五体相应、舞姿"幽玄"。这就是所谓的"将心置于后"。因此须对"离见"加以认真理解与体会。明白自己的眼睛是看不见自己的眼睛，而舞姿的前后左右需要用"心眼"去看，这样才能确认自己的舞姿美如花、美于玉。

有云：一切舞姿，均须兼顾前后左右。

以上，六条。

要有即时感

申乐演出登场时，最初的第一段唱腔、初次亮嗓子，都应是恰到火候的微妙的一瞬间。快了不行，晚了也不行。

首先，演员从后台走出后，走到桥廊①，途中停下，亮相，就在观众内心都期待"啊，就要亮嗓子啦"的同时，及时地开唱，似这样应观众的期待而即时歌唱，就是"即时感"。假如这一时机稍微错过了一点，观众的紧张的期待感就会有所放松，随后的歌唱就与观众的期待不甚合拍。而最初亮嗓子的时机，就存在于观众的"气"之中。合于观众之"气"的一瞬间，除了演员凭直觉感知之外，没有别的办法。只有那一瞬

---

① 桥廊：原文"桥がかり"。日本的能乐舞台结构独特，在舞台与后台之间有一个"桥廊"（过道），观众可以看到，成为舞台空间的一个组成部分。

间，人们的眼光都被演员的眼神吸引过来，是当日演出中最重要的时刻。

一般来说，在桥廊中最初亮嗓儿的位置，应该是桥廊的三分之一处，唱到第二句时，恰好走到桥廊与舞台的连接处。演员的脸部应与贵人观客的包座的高度相平行，并且要朝着贵人观客的方向。在屋内表演[①]和酒宴上演出，演员的脸部要朝向观客，但不能盯着观客。舞蹈时手的高度要与脸部相适应，在做手指动作的时候，要注意不要对着贵人观客的脸的方向。无论是在宽敞的地方、狭窄的地方，或者在酒宴的唱和演出，演技都在于身姿，对此要格外留意。

演员在舞台上的合适的位置，在自伴奏席至舞台的三分之二处为宜，在舞蹈时，舞蹈动作的活动范围，应在身后留出舞台的三分之一。在宽敞的场合演出，要注意接近舞台正面的贵人的坐席；而在小舞台演出时，要尽可能不要靠近贵人坐席。特别是在屋内演出的场合，更要注意尽可能离贵人的坐席远一些。

---

① 屋内表演：原文"内申乐"，一般在庭院中演出，主人与客人坐在屋内观赏。

在屋内演唱的时候，也要注意即时感，抓住室内坐席上观客的心。快了不行，慢了也不行。就在观众内心都期待"啊，就要唱啦"、屏息静气等待的同时，及时开唱。在这里，也有遵守"一调、二气、三声"的要领。

关于"序、破、急"

"序、破、急"中的"序"，是事物的最初部分，也是能乐的基本风姿。最初上演的一出申乐，相当于"序"，它应是通俗易懂，取材平易，结构单纯，唱词多祝福之语，整出戏一气呵成。内容全是歌舞亦可。因为歌与舞本来就是能乐的基本因素。第二出申乐，应与第一出有所不同，取材可靠，要有力度，格调高雅。虽说与第一出有所不同，但不可过于精细，因它仍然没有到达发挥全部技巧的阶段，仍属于"序"的范围，因而要保留"序"的气氛。

从第三出开始进入"破"的部分。在这里，"序"的阶段那种朴素单纯的表演，渐渐地向精细的方向推移。所谓"序"，就是自然而然的样子；而所谓"破"，则是突破"序"的范围，对其加以细化和深化。因此，从第三出开始，演出要细腻，模拟要精确到位，是一日中最要紧的一出戏。此后，第四出、第五出也都属于"破"的阶段，所有要全面发挥演技、达到五彩缤纷的效果。

所谓"急"，就是最后阶段的意思。在一日的演出中，是要给人留下念想的最后演出。如上所述，"破"就是突破"序"的阶段，要细腻精确、色彩纷呈。而"急"，则是"破"的阶段达到高潮的产物，因此，在"急"的阶段，表演动作应该强有力，舞蹈、招式要给人以视觉冲击，所谓"心急火燎"指的就是"急"的状态。

从前，一日中演出的曲目不过四五个而已。到了第五出，就必须进入"急"的阶段了。然而近年来，上演的曲目莫名其妙地增多了，"急"一旦拖长，也就失去了"急"的效果。"能"的演出在"破"的阶段，可以演得时间长些，"破"的阶段已经充分展现了各种演技，到了"急"的阶段，无论如何都要以一出戏来结束。

不过，按照贵客的要求而临时加演的能乐，并且他们也不介意演出顺序改变。这样，事先安排好的顺序计划就被打乱了。但是，即使在这种情况下，也要尽量坚持"序、破、急"的原则，后面要演出的"能"，即使是被要求按"急"的阶段来演，心中也要有所保留，舞蹈动作不可力度过大，按"七分身动"的原则来表演，以便为后头的"急"的曲目留下余地。

然而，这里也有一大难题。就是"能"正在上演的中间，而且已到了"破"和"急"的阶段，有贵客姗姗来迟。在这种情况下，戏已进入"急"的阶段，而晚来的贵客的心情却在"序"的阶段。以"序"的心情来看"急"的曲目，肯定会有不谐调之感。不仅如此，其他的观众，也因贵人的到来而心情有所改变，人们的高昂的心情又重新平静下来，全场的气氛又回到了"序"的阶段。这时候的演出，无论如何也搞不好。有人会说：干脆回到"序"的阶段重新开始吧。这也不好办，令人进退两难。在这种情况下，应该实现预料到可能会有此种情况出现，可以拿出"破"的阶段的曲目，带着一点点"序"的心情，从容不迫地进行演出，庶几可使贵客满意。在让贵客感到满意的前提下，再整体上按照"序、破、急"的顺序，有条不紊地、按规则有序推进。不过即便如此，要取得十分的成功仍很困难。

还有，在宴席上的演出，也有不期而然出现的情况。事先就要想到：在盛大酒宴上，或许会有临时被召唤的演出。那种场合与平常不同，现场的气氛已经进入了"急"的状态，而先演出的则是"序"能，这又是一种令人为难的局面。在这种情况下，最初上演"序"能，也要有一点"破"的心情，不要过于庄重，气氛要轻松愉快，要尽快进入"破"与"急"的阶段。

这些都是能乐演出时的规则，照此演出，方能收到好的演出效果。

在盛大酒宴上的演出，亦可照上述的办法处理。事先就要知道有酒宴，上场时要手持扇子，合着节拍唱祝福歌。然后按顺序、有准备地进行。如有贵人迟到，要按上述的规则方法，在"急"的演出中，稍微加进一点"序"的气氛。

以上关于"序、破、急"的事项，无论是正式的演出还是酒宴上的余兴，抑或是在席间歌舞，都要根据实际情况，一一加以妥善应对。

关于习艺

造诣极高的高手，当初如果不跟师傅学习，就不会得"似"。上手的技艺已经臻于完善，故能达到"举重若轻"的境地。所以对观众来说，看上去趣味盎然。不过，初学者如果仅仅理解为有趣味，而去模仿他，那么看上去很像，却不会让人感到有趣。大凡高手，都经年累月，全心全意习艺，充分掌握基本功，深知"七分身"的道理，所以能够表演得流畅自如。而初学者还没有好好向师傅学习，就想得其"似"，便成了"心"与"身"都动七分，结果技艺就难以提高。

学习的时候，师傅不要按现在自己的演出水平教授徒弟，而是要将自己初学时的方法，毫无保留地传授给他。基本功的教育结束后，随着徒弟的渐渐进步，最终到达"举重若轻"的程度，能够由"心"来控制"身"，自然就会达到"动七分身"的境界。

一般而论，高手"举重若轻"的程度是难以模仿而似的。想要酷似高手非常困难。难处在于要有学到酷似之程度的途径手段。俗话说："似虽似，却不是。"有什么办法去得到那个"是"呢？难易有别。对此有口传之秘。

首先，为师、为徒，形成师徒关系，是为了学习传授一般的技艺。而师傅在向徒弟传授秘法前，假如对徒弟的素质和人品没有充分了解，是不能贸然传授的。《易经》有云："非其人传其书，天所恶。"[1]徒弟的素质不足够好，是不可将秘法

---

[1]《易经》中无此语，疑为假托，出典不详。

传给他的。因为，秘法之"位"很高，而将秘法传给了素质不高的人，在"艺位"与其实力之间就不协调，这样将秘法传给他，完全是徒劳无益的，故不可传授。

说起来，一个徒弟要成材，必须具备三个条件：第一，要具备相应的潜力；第二，热爱艺道，有为能乐而献身的精神；第三，要有一位好的师傅。这三个条件不具备，就不能成材。成材了，并未达到上手的程度，师傅方可对其传授秘法。

近年来，观察年轻演员的艺风，有一种"跳读"①的倾向。这是由于不好好向师傅学习，只模仿其"似"。如果能够在师傅的指导下，从歌舞的"二曲"开始，进入"三体"，按部就班、循序渐进，系统条贯、日积月累，学有所成，就会掌握扎实的艺风。否则，只得其"似"，只为一时应付，就会堕入"跳读"的泥淖。

在学习"二曲"的阶段，不可学习"三体"。在学习"三体"的阶段，"军体"大体学学即可。其"碎动""力动"等"军体"中的演技，即便不学，也会在学艺上的某一时期表现

---

① 跳读：原文"転読"，指在读佛经的时候，大致粗略翻阅，跳读。

出来。将"二曲""三体"这些技艺同时学到，哪怕是短暂地模仿其"似"，也是非常困难，甚至是不可能的。有的年轻演员，被观众误认为是技艺高超者，靠"跳读"来获得一时之"花"，但这样的演员将随着年龄增长每况愈下。即便不是每况愈下，要想成为名演员也极为困难，对此必须有清醒认识。

对于"跳读"还有一点要注意。只喜欢能乐的新奇曲目，对旧的曲目弃之如敝屣，却没有看家的拿手曲目，这也是一种能乐的"跳读"。应将自己擅长拿手的曲目，每次都例定上演，当中可以夹杂一些新的曲目。而只追求新奇的曲目，却把以前的曲目扔掉了，这从能乐的"艺位"上来说，也是很严重的"跳读"。只喜欢演出新奇的能乐，久而久之，也就不新奇了。而将传统的曲目与新曲目搭配演出，使传统曲目与新曲目相得益彰，各展魅力，这才是真正的"花"。孔子曰："温故而知新，可以为师矣。"

上手的感知

音曲、舞蹈、动作等都很好，方可称为上手。技艺方面还没有成为达人，肯定会有不足之处，但这与是否是上手并没有关系。成为上手并不依赖于达人,上手属于另外一种境界。有些演员声腔很好,舞姿、招式也很到位,但并没有成为名家。相反,有些演员声腔并不好,舞蹈、招式两方面都有不足,却成为名家而誉满天下。这表明,舞蹈、招式都是身体之姿态,而最重要的却是"心"。有了"心"才能达到永恒的"正位"。所以,有些演员深深懂得怎样才能表演得有趣有味,以"心"表演,虽然技艺上尚有瑕疵,但却取得了上手的声誉。可见,真正的上手的声誉,并不在于舞蹈与技艺的熟练,而是依赖于使演员确立"正位"的"心",并由此而产生出艺术的灵感。只有真正的上手,才能理解技艺与"心"的区别。有的演员技艺很好,却没有意趣,而却有初学者就显得意趣盎然。从初学的阶段开始,随着七分、八分、十分的进步,逐渐达到上手的艺位。而观众是否感到有趣,则是另外的问题。

比起让人感到有趣,还有一个更高的层次,就是从心中不自觉地发出"啊"的感叹之声,这就叫作"感"。因为"感"超越了意识,是一种连有趣的判断都来不及做出的感动,就是"纯然"直觉的境地。所以,《易经》在"感"这个字的下头,将"心"省略,直接写作"咸",而读作

"感"。①这就是说，真正的感动，是超越心智的一瞬间的感觉。

演员的艺位也是同样。从初学时期不断学习，不断进步，可以达到"好手"的程度。但这也只是一般的上手的程度，而让人感到上手之上的趣味，才能达到名家的高度。在名家的艺位上，具有"无心之感"，才能达到誉满天下的高位。这需要不断刻苦钻研和反复修炼，方可以使"心"达到最高境界。

关于"深浅"

表演能乐的时候，常常挂在心头并加以思考的问题是：一方面，演技不细致入微，就没有意趣，而过于细致入微，看上去又显得拘谨小气；另一方面，老想着演得大气，但却显得松垮粗糙，没有看头。这两者的分别，是不容易的。

一般而论，该细微的地方细微，该大气的地方大气。但对"能"的本质没有深刻理解者，要将两者区别开来，是不可能

---

① 《易》对"咸"的解释是："咸，感也。"中国元代学者胡炳文在《易本义通释》中说："咸，感也，不曰感而曰咸。咸，皆也，无心之感也，无心于感者，无所不通也。"

的。必须不断向师傅请教，并加以识别。此外也要掌握一般规律与做法，就是要注意歌舞、招式、风情等所有演技方面，心都要细致，而身体的其他动作，则不必过于拘泥。对此要认真对待，在心中立下一定之规。

能乐这种艺术是需要艺术规范的，从基本的规范而习得的技艺，可以向细致的方向发展，而一些很琐细的东西，却不容易向大气的方向发展。大中含小，小不含大，这一点很需要费心思加以斟酌。只有大小兼备的"能"才是全面的"能"，所谓"大寒之冰解，小寒之冰必溶"是也。

入"幽玄"之境

关于"幽玄"的风体，在诸种艺道中，都以"幽玄"为最高境界。在能乐中，"幽玄"的风体也是第一追求。这种"幽玄"的风体，如果只是一般的东西，那么平常就较为容易看到，观众也以为这就是"幽玄"而加以欣赏，而实际上，"幽玄"的演员是很少见的。因为人们并不知道真正的"幽玄"之味是什么。所以，就没有人能够进入"幽玄"之境。

"幽玄"之境到底是一种怎样的境界呢？首先，我们以现实中的事物加以说明。考察一下人们的身份阶层，就会看到公卿贵族的举止优雅高贵，被世人所敬仰，这些人可以说达到了"幽玄"之位。由此可见，唯有美而柔和之态，才是"幽玄"的本体。而姿态优雅大方的表演，就是"表演的幽玄"。同样，在戏文唱词中，学习模仿公卿贵族日常的优雅谈吐，亲切而温柔，就是"言辞的幽玄"；在音曲中，节奏旋律优美流畅，悦耳动听，就是"音曲的幽玄"。在舞蹈动作中，功底深厚，动时风情万种，静时端庄美丽，就是"舞姿的幽玄"；在模拟表演中，老体、女体、军体"三体"的动作均能优美到位，就是"模拟表演的幽玄"。还有威猛之姿，例如扮演鬼魂，身体保持"力动"[①]，同时不忘表演的美感，注意"动十分心"，在上身剧烈动作时保持腿脚稳当，展现人体之美，这就是"鬼的幽玄"。

如能把上述"幽玄"的种种样相牢记在心，在表演时适当运用，无论扮演任何对象，都不会脱离"幽玄"。例如，无论是扮演高僧与普通和尚、男女僧俗，还是农夫蛮汉、乞丐贱民等角色，都仿佛是让这些人手持一朵花，列队展示，各人的人品与阶层固有不同，但每人都有一枝花，则是相同的。各

---

① 力动："力动风"。《三道》中有论述。

色人等都有一枝花，就是"能"所表演的人体之姿。演员的"心"，就在于展现人体的美姿。这里所谓的"心"，就是要充分理解上述的"幽玄"之理，为追求戏文唱词的"幽玄"而学习和歌，为追求姿态的"幽玄"而观察揣摩高雅人士的举止。这样，无论扮演的对象如何变化，在一切表演中都会有美感显示出来。这就是获得了"幽玄"之种。

不少演员往往只是模仿对象，追求模拟的相似，把这作为最高目标而忘记了表演之"姿"，无法进入"幽玄"之境，也就不能达到最高境界。不能达到最高境界，就不可能成为名家。当然，天下的名家很少，因此必须牢记"幽玄"之姿的重要，并努力学习修炼。

以上所说的最高境界，就是表演姿态的美。再强调一遍：必须重视姿态的优美并努力修炼。要想达到最高境界，从歌与舞两者开始，到各种事物的模仿表演，都要姿态美，这就是最高境界；姿态不美，就是低俗。目之所见，耳之所闻，无所不美，这就是"幽玄"的实质。好好研究这一道理，并切实理解掌握，就是进入了"幽玄"之境。而对此不下功夫，不认真学习，心里只想着自己已经达到"幽玄"之境了吧，这种人一生都与"幽玄"无缘。

关于"良功"与"住功"

学习能乐艺术，获得上手的名声，不但能长久保持，而且不断长进，这就叫作"良功"。然而，这种"良功"，也有的因为演员的居住环境的原因而有所变质。在城市，虽有了名声，但不再被人赞赏就没有意义。而在城市获得名声的人，回到家乡，在乡村活动，本来也注意不忘记在城市练就的功夫，反复提醒自己莫忘莫忘，却不料在不知不觉中，不进则退，糟蹋了自己的"良功"，这就成了"住功"，即停滞不前。

在城市，在有鉴赏力的观众中，演员稍有松懈，技艺有所停滞的时候，从观众的反应中就可以看出来，能够倾听观众的赞赏与批评，逐渐克服缺点，取精用宏，不断提高，臻于完善。俗话说得好："蓬生麻中，不扶自直；白沙在泥，与之皆黑。"[1]住在城市，环境较好，缺点自然就少，这样的逐渐完善就是"良功"。"良功"就是不能停滞凝固。换言之，要小心自己的"良功"因停滞而变成"住功"。

---

[1] 出典《荀子》，《史记》《大戴礼·曾子制言篇》亦有相近表述。

那些造诣很深的高手，上了年纪之后艺术上就显得陈旧了，这也是因为陷入了"住功"。本来在观众看来已经陈旧了，他自己却认为："我从前就是这么演而出名的。"不顾时人的不满而刚愎自用、我行我素，结果是晚节不保，这都是因为"住功"的缘故，对此不能不提高警惕。

万般技艺系于"一心"

有观众说："看不出演技的地方才有看头。"这种"看不出演技"的地方，就是演员的秘藏在心底的功力。一般而论，以歌与舞为主，招式动作模拟等各种演技，一切都由身体的姿势来表现。"看不见演技"的地方，就是姿势与姿势之间的间隙。此处为什么有看头呢？正是因为这里看似寻常却是苦心孤诣之处。舞蹈动作之间的间隙，音曲的衔接处，此外还有科白、模拟、一切一切的间隙，都不能掉以轻心，都要思虑周密，这种内在的功力显现于外，就会让观众感到有趣。

但是，这种内心深处的思虑与用心，却不能让观众看出来。如果让观众看出来了，那就是有意识的姿势动作，就不再是"看不出演技"之处了。必须显得自然无为，以"无心"的境界，将用心的痕迹隐藏起来，将一个个的间隙，天衣无缝地弥合起来，这就是"万般技艺系于一心"，是内在的功力所显示出的艺术魅力。

有言曰："生死去来，棚头傀儡，一线断时，落落磊磊。"[①]这就道出了人间生死轮回的状态。祭祀的花车人形傀儡，看上去活灵活现，实则都不是活物，而是被一根线操纵的，一旦操纵它们的线断了，就会七零八落。能乐模拟各色人等，而操纵它的，就是演员的"心"。这个"心"别人看不见，如果让人看见了，就如同操纵傀儡的绳子暴露了出来。必须将一切技艺系于一心，但又不露用心的痕迹。若能以一心操纵万"能"，一切被表演的对象，就都有了生命。

以上所述，不仅局限于能乐表演的场合，日日夜夜，行住坐卧，都不能忘记"用心"，用"心"来指挥行动，如此持之以恒，则能乐艺术必定不断提高。

以上是最大的秘传。

习艺有缓急[②]。

[①] 原文为汉文，出典大明寺开山鼻祖月庵宗光（？—1389）的《月庵和尚法语》。

[②] 习艺有缓急：原文是"稽古有劝急"，意思不明。日本学者对此句理解有不同，有人认为"劝"实为"缓"。从此说。

所谓"妙处"

妙处的"妙",日语中写作"たえなり"。"妙"这种东西无形无姿,难以把握。而"无形"正是"妙"的本质。

在能乐中,所谓"妙处",就是以歌与舞两种基本技艺为主,乃至一般的招式动作,以及其他所有方面,都表现出"妙"。但很难具体指出何处为"妙"。掌握了"妙处"的演员,应该说在艺术上达到了登峰造极的境界。但也有一些演员凭着天赋,在初学的时候就体现出"妙"的征兆,那时往往演员自己也没有意识到,但有眼光的观客能够看得出来,感觉是"有趣而又不可言喻"。只有造诣极深的演员对此有所自觉,但仍不能明确说出"哪里就是我的妙处所在"。只有不自觉之处才是"妙处",一旦被具体地意识到了,"妙处"就不称其为"妙处"了。

对"妙处"仔细琢磨,可以说所谓"妙处"就是对能乐艺术有极高修养,无所不精,达到了一种至高境界,以致出神入化,表演时举重若轻、轻松自如,看上去漫不经心,实则妙不可言。只有"幽玄"的风体,才能接近这种"妙"的境界吧。

此事值得深入研究。

关于鉴赏批评

关于能乐作品的鉴赏批评，由于趣味爱好的差异而各有不同。一个作品令所有人都满意，是根本不可能的事情。因此，鉴赏批评的基准也难以确定，不妨就以名满天下的名家达人的作品，作为批评的标准。

在能乐上演的时候，批评鉴赏者应能够区分成功的与不成功的"能"之间的差异。理解之所以成功的缘由。成功的能乐，在演出时有"见""闻""心"三种状态。

第一，是由"看"来判断。从演出一开始，就很快进入氛围，歌舞效果很好，观众不分贵贱，都齐声赞叹。整个剧场气氛热烈。这就是"由看而成"的"能"。这样的成功，主要是由视觉上的趣味而获得的，在这种情况下，无论是眼光高的观客，还是外行观客都感到很有意思。

但是，在这种情况下，有一事演员必须加以注意。就是"能"的演出气氛特别好，无论怎么演观众都觉得有趣，观众们都比较激动，眼与心都处在兴奋状态，对"能"的本身的注意力反而有所涣散。演员也在这种氛围中，极力取悦观众，台上台下，心地浮躁，何处该出彩，无从把握与判断，结果在不知不觉间，演出滑向轻浮之态，最终不忍卒观。这是能乐演出一开始就过于顺利而产生的弊害。

在这种情况下，正确的做法是，对演技要适当调控，动作招式要有条不紊，让观众内心平缓下来，使其安静欣赏。这样，另一种新鲜感就会出现，而且越到后来就会越精彩，无论上演多少曲目，都感到意犹未尽。

上述靠视觉美而成功的演出，叫作"由见而成"的"能"。

第二，是"由闻而成"的"能"。这种能乐在演出时现场气氛静谧，音曲与现场气氛谐调无间，令人感到一种从容舒缓的美感。这主要是由音曲演唱所引起的感动，也是造诣高深的演员最能体味的临场感觉。不过，这种以音曲演唱为特色的曲目，在乡村即使是眼光较高的观客，也不会太喜欢。

像这种靠音曲演唱而成功的能乐，若由造诣高深的名家来演出，其演技都发自内心，风情万种，摇曳多姿，越到后来越有趣。倘若是中等程度的演员，因内在修养不足，在名家之后接着演出就会相形见绌。如能将开始时的静谧、美妙的气氛一直持续下去，则随着上演曲目增多，容易陷于沉闷。懂得这一点，就要稍稍注入活力，展示一些有趣的演技，便可活跃现场的气氛，而使演出富有变化。造诣高深的名家，曲目丰富多彩，身、心乃至歌舞演技都十分耐看、耐回味，妙趣横生不穷。而中等程度的演员，则必须注意随着演出曲目的增加，而不陷于沉闷，同时又不能让观众看出你是感到"太沉闷了"，而极力设法不陷于沉闷。这是演员应该注意的秘事与诀窍。

以上所说的是"由闻而成"的"能"。

第三，是"由心而成"的"能"。是指造诣高深的名家在能乐演出中，在上演了几种曲目之后，不以歌与舞的优美、细腻的模仿及剧情的情趣取胜，而是在寂静的氛围中，不知不觉地打动人心，可以将这称为"冷寂之曲"。这种艺术品位，即便是有鉴赏力的观客也未必能够欣赏，更不用提那些乡下的观众，他们完全不能理解。而这一至高无上的境界，只有造诣高深、无与伦比的演员才能达到。这就是"由心而成"的"能"，也可以叫作"无心之能"或"无文之能"。像这样的细致微妙的风体，必须加以认真钻研，方能有所理解。

通常，光有鉴赏力，未必能理解能乐，而理解了能乐，也未必就有鉴赏力。必须将"目"与"智"统一起来，才可称得上是真正有水平的观客。对于上手的不成功演出与下手的成功演出加以批评鉴赏时,不能使用同样的标准。因为上手一般是在盛大仪式上、在宽敞的剧场演出而获得成功,而下手则常常是在小规模的、偏僻的地方演出而获得成功的。懂得怎样才能让观众感到有趣的演员,是为艺德;另一方面,对演员加以了解之后再来欣赏评论,是为观客之德。

对于能乐的鉴赏批评的方法,总体来说就是:不要被现场演出的成功所迷惑,要看能乐本身;要脱离具体的表演成败来看待演员;要超越演员的技艺而洞察其"心",最后忘"心"而知能乐。

关于音曲

音曲的学习有两方面。一方面,写作歌词的人要懂得音乐,使文字具有音韵之美。另一方面,演唱者要懂得文字的音韵,吐字要清晰,要根据唱词的意思,做到声情并茂,字正腔圆,词句连贯,流畅动听。演唱时对于音韵节拍掌握得好,便能做到声韵和谐,富有情趣。因此,要尽可能使唱词合于音乐节奏,唱词连贯流畅,发音清浊轻重相协调,方能优美动听。

节奏是演唱的基本规范，音曲的情趣来自吐字发声的连贯，而曲调则发自"心"。要搞清"气"与"息"、"节"与"曲"的区别。常言道："得'声'然后知'曲'，知'曲'然后知'调子'，知'调子'然后知'拍子'。"

学习音曲要循序渐进。第一要记住唱词，第二要掌握曲调音节，第三是将曲调音节加以美化，第四是弄清唱词的声调音韵，最后是将上述各项融会贯通于内心。节拍的学习掌握则要贯穿于整个过程。

发声的练习，一定要与声调音韵的练习结合在一起。

在音曲演唱中，还有一个因方言口音而发音不准的问题。其中，音节上的方音①没有大碍，字词上的方音②则是一大问题。两者有所不同，应好好学习和理解。所谓字词的方音，就是以汉字书写的词汇，因声调错误而造成语音不标准；所谓音节上的方音，指的是"てには"之类助词的方音。"てには"之类的助词，因所在句子位置的不同，其声调会有所差异，但只要音节没问题，则无关紧要。通常所说的"助词发音的轻

---

① 音节上的方音：指的是助词、助动词等虚词的方音，均用假名书写。
② 字词上的方音：指的是名词、动词等实词的方音。

重、清浊会对上面的词汇产生影响",就是所谓"音变",需要接受口传指导。

"てには"之类的假名,也包括"は""に""の""を""か""て""も""し"之类的放在句末的假名字母,声调有所不同,只要音节正确,听起来也不太难听。所谓音节、曲调,基本上是由于在实词之后附上了"てには"之类的假名助词才产生出来的。

一般说来,唱词在声韵上太单调,则不能朗朗上口。而汉字词汇的发音则比较刚硬,所以需要加上假名助词,对此加以调节。

据《汉书》记载[①]:十二律,原本是律历子去昆仑山,闻公凤、母凤之声,于是发明律吕。律为公凤声,为阳;吕为女凤声,为阴;律由上而下,吸气;吕,由下而上,呼气;律由气而出声,吕由息而出声。律为无,吕为有。律为竖,吕为横。

《论语》中说:熊、虎、豹,弓子之皮,虎为天子,豹为诸侯,熊为大夫。故以"虎、豹、熊"为序,但为声韵计,则常以"熊、虎、豹"为序言之,琅琅上口。[②]

[①] 出典《汉书》卷二十一。
[②] 《论语》中没有相应语句。《周礼》中有相近语句。

奥段[1]

　　至此，本书一卷各章节已经结束。此外并无可传授之事。要言之，本书的中心主题就是"知能"，别无其他。倘若不能对"知能"的宗旨有切实理解，那么本书所说的一切都失去了意义。

　　要想真正地理解和掌握能乐，就要放弃其他诸事，而专心致志埋头于"能"的学习修炼中。循序渐进、不断钻研，最终能够有所开悟，而对能乐有所知。为此，首先要相信师傅的教诲，并时刻牢记心头。所谓师傅的教诲，首先指的是对本书的各章节，要好好学习钻研，铭刻心中，在实际演出时一一加以运用。如有效果，就会对本书所传授的各条，更有深刻领会，并更加尊重能乐的传统，多年持之以恒修炼，必会对能乐有全面深刻的理解。

　　一切的艺道，必经反复学习，反复修炼，而后有所成。

---

[1] 奥段：也作"奥书"，文体格式术语，意即阐述奥义的段落，相当于结语、跋语、版权页或藏书记事。

能乐也必须从事学艺，然后将师傅所传授的一切运用于实践当中。

我要口传的秘诀奥义就是：从幼年到老年，活到老学到老。具体地说就是，在初学时期到盛年时期，都要掌握各个时期相应的技艺。从四十岁以后，对能乐的演出要加以控制，动作招式要有所内敛，这就是四十岁以后应有的风体。从五十岁开始，基本上应该是以逸待劳，因为这对演员而言是很困难的时期。这个时期要明确的事情，就是尽可能少演出，要以唱为主，演技要洗练，舞蹈要单纯，只要保留从前的遗韵就好。音曲歌唱，是老年演员能够保持优势的领域，老年人的声音早已经脱去幼稚之音，无论是"横声"，还是"竖声"[①]，还是横竖相交之声，只要唱得有滋有味，就优美可听。这是老演员的优势之所在。将这种种熟记于心，充分发挥老演员的优势，可谓老到的风体。

关于老年演员的模拟表演，选择老体、女体较为适宜，不过要因个人的特长不同而异。擅长表演静态风体的演员，老年

[①] 横声、竖声：是作者声韵上的一对术语。其中"横声"又写作"主声"。大体是指声韵的高低、强弱。

后较为容易保持。如果是擅长表演躁动癫狂之态的演员，年老后再演则不太适宜。在表演自己的拿手好戏的时候，要注意本来少女十分的舞蹈、动作，只是七分身动即可。这是老演员应该明白的。

本流派①以不变应万变的一句真言就是：初学不可忘。这句话又分三个要点：

第一句是"初学好歹不可忘"，第二句是"各阶段初学不可忘"，第三句是"老后不可忘初学"。

先说第一句"初学好歹不可忘"。这句话的意思是年轻时学的东西，一直保持不忘，老后受益无穷。俗话说："知道前非，方知后是。"又说："前车覆，后车戒。"将初学时候的不好的东西忘掉了，以后如何反躬自省呢？功成名就，是艺术水平不断提高的结果。如果把提高的过程都忘了，就会不知不觉地重复初学时期的失误。换言之，艺术上就会退步。为了正确估价今天的艺术水平，就不能忘记当初是什么水平。要好好理解忘记初学时期便会重蹈覆辙的道理。不忘初学，后学才有

---

① 本流派：原文"当流"，指的是作者世阿弥及其父亲观阿弥一派，史称"观世座"。

前车之鉴，才能走上正途，后期路子正确，才不会使艺术水平不进而退。总之，不忘初学，才能分辨好歹。

第二句"各阶段初学不可忘"，就是说，从初学时期，到盛年时代，再到老年，每个时期都有其相应的特色与风体，每个时期都有一个"初学"的问题。如果将各个时期学到的技艺忘了，结果就会在学习与遗忘之间反反复复，而在现阶段，除了现阶段学的之外，其他都丢掉了。相反，如果以前学过的各种技艺都保持不忘，那就是诸艺集于一身，各体兼备，曲目众多，此时所掌握的风体，就是各阶段初学的结果。而现在却同时拥有，岂不是因为各阶段初学的东西都没有忘记吗？只有这样，一个演员才称得上是全能的演员。所以说，各阶段初学不可忘。

第三句"老后不可忘初学"，就是说，人的生命是有限的，但艺术的追求是无限的。每个时期都要学习相应的风体，到老了也要学习老后的风体，这就是老后的初学。如果懂得"老后的初学"，那么以前学过的一切技艺，都可以成为老后的艺术之借镜。我在《花传书》中曾说过：五十岁过后只有以逸待劳，此外别无他法。而要超越这一困境，就倚仗着年轻时的初学。

像这样仍能坚持初学，并且一生都不忘初学，技艺一旦掌握，就不丢弃、不下降，永远进步，终生提高。这一点要作为本流派的奥义秘传，传授给子孙后代。将不忘初学，世世代代继承初学，作为艺术追求的根本。

除此之外，可以根据学习者自己的智慧见识，个人自行领悟。

附记

《风姿花传》的《各年龄段习艺条项》到《别纸口传》，是以"花"来比喻能乐之道的奥义秘传。那本书记述了先父二十余年间从艺的各种心得，也记录了我从先父那里学来的东西。而此《花镜》一卷，则将我四十岁起到进入老境之后的所思所想，分六条[1]、十二节[2]，连缀成书，作为从艺的轨迹与见证，留与子孙后代。

应永三十一年[3]六月一日

---

[1] 似指本书的头六段。
[2] 似指第七段以下的十二条。
[3] 相当于公元1424年。

九位[1]
"九位"[2]解

上三花[3]：

1. 妙花风

> 新罗[4]夜半日头明。[5]

所谓"妙"，就是"言语道断，心行所灭"。夜半太阳明亮，又何曾是语言所能说明的呢？能乐艺术中达人高手的"幽玄"风姿，美得无可言喻。发自内心的情不自禁的感叹，超越"艺位"的"不见之见"，方有"妙花"在焉。

---

[1] 一名《九位次第》。
[2] "九位"：九种"艺位"，从一到九，依次递减。
[3] "上三花"：本文的"九位"又分上、中、下三个层次，"上三花"与以下的"中三位""下三位"相对应，亦可译为"上三位"。
[4] 新罗：朝鲜半岛南部的古国。
[5] "半夜日头出""夜半日升天""夜半日轮红"之类，为中国与日本禅宗常用语，比喻事物的不可思议。

2. 宠深①花风

> 大雪覆千山，孤峰如何不白？②

古人云："富士山高雪不融。"对此，中国人会纠正说："应为'富士山深'。"至高者，深也。高有限，深不可测。然，千山覆白雪，只一座山峰独不白，此种"深景"，岂非"幽深花风"欤？

3. 闲花风

> 银碗中盛白雪。③

雪盛在银碗中，显得白光清静，看上去有柔和之美，可比喻"闲花风"。

中三位：

4. 正花风

---

① 宠深："宠"字，有学者疑为"宨"字之误，可译为"幽深"。
② 出典中国禅宗典籍《五灯会元》之十五。
③ 禅宗常用比喻，见于《碧岩录》等禅宗典籍。

春日朝霞灿烂，日落万山红遍。

青天一轮红日，万山层叠，分明可见，此为"正花风"。比之以下之"广精风"更秀拔，是初入"花"之境界也。

5. 广精风

话尽山云海月心。①

山云海月之心，满目青山，无限壮阔，任凭指点。广精风之习艺境界，犹如此景。此为前后各"风"之分界限。

6. 浅文风

道可道，非常道。②

依据"常道"，便知"道"之为"道"。所谓"浅文

---

① 出典《碧岩录》第五十三则："野鸭子，知何许，马祖见来共相语，话尽山云海月情，依前不会还飞去，欲飞去，却把住。"
② 出典老子《道德经》。

风"，便是由浅层所显示之"文"。以此"浅文风"，可做"九位"习道之入门。

下三位：

7. 强细风

> 金锤影动，宝剑光寒。①

金锤影动，强动风也；宝剑光寒，冷曲风也。此与"强细风"之精细风格相应。

8. 强粗风

> 虎生三日，其气食牛。②

虎生三日，即有食牛之气概。食牛者，粗豪之气也。

9. 粗铅风

---

① 出典《碧岩录》第十二则。
② 出典《石门文字禅》第二十七。

五木鼠。①

孔子曰："梧鼠有五能：上树、入水、挖洞、飞行、疾走，无非梧鼠之本能也。"②能乐中连"碎动风"尚不能者，是为"粗铅风"。

九位习道次第

所谓"中初、上中、下后"③，就是指初学艺能时，学得歌与舞"二曲"，即是"浅文风"。经过种种努力，虽然修养尚浅，但也有美感，倘继续努力，则可达到"广精风"，在这一艺位中掌握众多曲目，广泛涉猎，循序渐进，取得圆满成绩，即为"正花风"。这是修得"二曲三体"之位，这标志着"中

---

① 五木鼠：梧鼠（石鼠、大飞鼠）。出典《荀子·劝学》："梧鼠五技而穷。"据中国古代传说，梧鼠有五技，然能飞而不能上屋，能爬而不能穷木（爬到树顶），能泳而不能渡谷，能穴而不能掩身，能走而不能先人。比喻没有一种技能达到专精程度。
② 孔子：疑为"荀子"之误。
③ 中初、上中、下后：指能乐习艺的规律与顺序，最初是"中三位"，其次是"上三位"，最后是"下三位"。

三位"的各种技艺已经炉火纯青，对能乐艺术奥秘已经领悟。

对自己已经达到的艺位有清醒认识与把握，进入举重若轻、从容不迫的艺术境界，即为"闲花风"。在此之上，更上一层，具备"幽玄"之姿，充分把握艺术分寸，即为"幽深花风"。在此之上，更上一层，表现出不可言喻、不可思议的至妙的"意景"[①]，即为"妙花风"，此妙花风，实为至高至深之道。

以上各种艺位，均以"广精风"为基础，"广精风"是艺能的根基，它既广阔博大，又细致精微，是万种"花种"播撒与开放之处。然而，艺术水准是进还是退，也以"广精风"为界。在此，如能够"得花"，就可以上升为"正花风"，若不能"得花"，则退至"下三位"。

所谓"下三位"，是从能乐艺术的下游之位中划分出来的层次，从习艺的角度来看，并不那么重要。不过，从"中三位"到"上三花"，获得了得心应手、举重若轻的"妙花"，却反过来再演出"下三位"，那就成为"和风"[②]的风体了。

---

① 意景：亦即《至花道》中"意中之景"的缩略。
② 和风：原文即写作"和风"，似有"柔和之风"的意思。

自古以来，在达到"上三花"艺位的艺人当中，有人就不再演"下三位"了，这就如古书所云"大象不游兔蹊"。[①]而对这里所说的"中初、上中、下后"各种艺位无所不能者，除先父观阿弥外，尚无一人。

即便是一个剧团的核心人物，最高可达到"广精风"，而不能达到"正花风"。一生只是停留在"下三位"中而不能有所成就者亦不乏其人。这不合常理，然而却有不少艺人连"九位"的任何一个艺位都未能进入。

在"下三位"的艺位中，有三种道路。第一种，从"中初"入门，习得"上中"与"下后"，成为造诣很高的人，这在"下三位"中，要算是最好的表现了。第二种，从中位的"广精风"入门，进入"下三位"，只学得区分"强细"和"强粗"。最后一种，随意从"下三位"入门的演员，学来的只是无道、无名的风体，最终难以列入"就位"之内。这种以"下三位"作为目标的人，连"下三位"都不能进入，何况是"中三位"，则是完全不可企及的。

[①] 出典永嘉大师《证道歌》："大象不游兔蹊，大悟不拘小节。"

图书在版编目（CIP）数据

幽玄 /（日）大西克礼著；王向远译. — 南京：江苏凤凰文艺出版社，2020.12
ISBN 978-7-5594-5024-1

Ⅰ.①幽… Ⅱ.①大… ②王… Ⅲ.①随笔–作品集–日本–现代 Ⅳ.① I313.65

中国版本图书馆 CIP 数据核字（2020）第 130492 号

幽玄

（日）大西克礼　著　王向远　译

出 版 人	张在健
责任编辑	张　倩
特约编辑	姜晴川
装帧设计	陈绮清
出版发行	江苏凤凰文艺出版社
	南京市中央路 165 号，邮编：210009
网　　址	http://www.jswenyi.com
印　　刷	河北鹏润印刷有限公司
开　　本	787 毫米 ×1092 毫米 1/32
印　　张	10.75
字　　数	177 千字
版　　次	2020 年 12 月第 1 版
印　　次	2020 年 12 月第 1 次印刷
书　　号	ISBN 978-7-5594-5024-1
定　　价	59.80 元

江苏凤凰文艺版图书凡印刷、装订错误可随时向承印厂调换